Weiße Socken und Sandalen

Alt ist man dann, wenn man an der Vergangenheit mehr
Freude hat als an der Zukunft.
(John Knittel, schw. Schriftsteller, 1891 - 1970)

Denny Stolz

Weiße Socken und Sandalen

Bibliografische Information der Deutschen Nationalbibliothek:
Die Deutsche Nationalbibliothek verzeichnet diese Publikation in der Deutschen Nationalbibliografie; detaillierte bibliografische Daten sind im Internet über http://dnb.dnb.de abrufbar.

Illustration: **Katharina Stolz**

Herstellung und Verlag: BoD – Books on Demand, Norderstedt

*ISBN: 978-3-**7357-5152-2***

Inhaltsverzeichnis

Vorwort

Die Geschichte von Tom Schmelzkamp habe ich während meiner Reha nach meinem Herzinfarkt im Herbst 2013 geschrieben . Sie sprudelte einfach so aus mir heraus.
Während dem schreiben dachte ich auch über die Länge des Buches nach. Das Buch ist zugegeben nicht so sehr lang, das hat aber den Grund das ich selber nie gerne gelesen habe. So kurz Romane fand ich immer toll. Schnell lesen spaß daran haben und fertig. So soll es meinen Lesern auch gehen. Der Grundgedanke der Geschichte ist wichtig. Anpacken und sich seinen Ängsten stellen. Das Leben selber in die Hand nehmen. So wie es meine Hauptfigur Tom Schmelzkamp versucht.
Viel Spaß beim lesen.

Das Buch ist allen gewidmet die mich kennen und schätzen. Ähnlichkeiten mit Personen sind rein zufällig und nicht beabsichtigt.

Denny Stolz

Der Anfang

1.

Scheiße, jetzt bin ich tot.

Na ja eigentlich doch nicht so ganz. Habe mal wieder schlecht geträumt. Das kommt seit meinem Herzinfarkt letztes Jahr öfter vor. Vielleicht sollte ich mal wieder zu einem Seelenklemptner gehen.

Das habe ich eine Zeitlang öfter gemacht.

Aber irgendwie hat mich das dann doch gelangweilt. Immer der gleiche Ablauf.

Hallo Herr Schmelzkamp kommen sich doch rein. Machen sie sich es bequem. Na was haben sie denn heute auf dem Herzen.

„(Auf dem Herz hab ich nichts Du Spacken...nur im Herz hab ich Blech....einen Stand...)„ Sorry ich schweife ab.

Diesen Spruch sagt er wahrscheinlich zu jedem seiner
sogenannten Psychisch kranken. Ob die wirklich alle krank
sind? Ich denke die meisten bilden sich den ganzen Müll nur
ein. Vielleicht brauchen die nur jemanden der ihnen einmal
zuhört. Total bescheuert. Ich erzähle einem Wildfremden
mein innerstes.
Er schreibt sich was auf. Gibt einen Kommentar….und
bekommt dafür noch richtig Asche.
Sollte wohl meinen Job ändern.
Obwohl zuhören kann ich gar nicht. Also nicht so wirklich!?
Das war aber schon immer so.
Zuhören kann ich schon.
Ich mache einen verständnisvollen Gesichtsausdruck.
Denke aber im selben Augenblick meisten was ganz anders.
Das mit der Konzentration ist halt so eine Sache.

2.

Als ich Kind war, wurde mir auch nie zugehört! Wie auch?
Meine Mutter hatte meistens gearbeitet. Für meinen Bruder
war ich nur eine kleine Nervensäge! Aufgezogen wurde ich
im Großen und ganzen von meiner Schwester. Sie hatte
mich angekleidet, mich in die Schule geschickt, die Haare
geschnitten.(Damals hatte ich noch welche) Das war's.
Kindheit ja…war eine wirklich komische Zeit, ich will mich
nicht beklagen, nein das nicht.
Habe ja schließlich auch viel gesehen.

Angefangen mit den Frauenhäusern in ganz Deutschland.
Der zweite Mann meiner Mutter war ein beschissener
Alkoholiker. Eigentlich war er Drucker.
Doch irgendwann hatte er wohl gemeint, dass saufen besser
ist als Arbeiten. Es war nicht möglich Ihm den
Alkoholismus anzusehen. Er war ein so genannter
Nobelsäufer.

Das heißt er sah mega gut und gepflegt aus (...Er war Groß mit dunklen Haaren die er immer streng zur Seite gekämmt hatte er Trug einen Schnauzer eine Goldene leicht getönte Piloten Brille, manikürte Finger, weiße Zähne und eine sehr Tiefe schöne angenehme Stimme) , auch im Suff!!
Ich weis nicht mehr genau aber er hatte sich drei- oder viermal am Tag geduscht. Immer einen Anzug getragen. Ein richtiger Blender halt.
Wo meine Mutter den aufgegabelt hat weiß ich nicht. Als ich drei wurde, war er auf einmal da.

So viel ich weiß wusste meine Mom am Anfang nicht dass er säuft.
Sie wurde wohl von verschiedenen Personen gewarnt. Hatte sich aber durch sein äußeres blenden lassen.
Zuerst war er wohl auch ganz in Ordnung. Fleißig am Arbeiten und so…
Angefangen hat der ärger erst als meine Mom das Stadttheater in Holstein eröffnet hat.

Daran, also an das Theater habe ich noch ganz gute Erinnerungen. Dort hatte sich alles was rang und Namen hatte getroffen. Otto…Götz George usw.
Im hinteren Teil des Gebäudes war also das Theater, im vorderen Teil die Bar, und das Restaurant.

Die Bar. Dort hat der „Blender„ gearbeitet. Na ja gearbeitet ist übertrieben. Er war halt einfach nur schön und sein bester Kunde. So nach dem Motto.
„Ich geb mir einen aus„

Das Geschäft muss Trotzdem gut gelaufen sein. Damals konnte sich meine Mutsch einfach ein neues Haus leisten. Zumindest für eine kurze Zeit.
Allerdings, hatte der Ärger nicht lange auf sich warten lassen.

Das neue Eigenheim war richtig schnuckelig, echt mit allem Schnickschnack. Leider konnten wir das nur nicht richtig genießen...jaja die Sauferei.

Saufen ist ja eine Sache. Aber das schlimmste ist wenn derjenige der säuft auch noch schitzo ist.

Immer wenn der Penner mal wieder randvoll war, hatte sich alles an ihm geändert.

Da wurde kurzerhand der Anzug gegen Jeans, ein schlampiges Hemd und braune Lederstiefel in dem ein Küchenmesser steckte getauscht.

Alles habe ich nicht mit bekommen, aber meinen Geschwistern ging es wohl nicht so gut.

Meine Schwester und auch mein Bruder haben wohl viele Schläge einstecken müssen.

Des Öfteren musste auch ich mit kompletter Montur ins Bett..immer bereit sein.

Denn, im richtigen Augenblick hieß es abhauen. Frauenhaus das war die Devise. So manches Weihnachtsfest haben wir so verbracht. Durch diese ganzen Situationen mussten wir öfter umziehen.

Nein nicht nur ins nächste Haus…nein.....sondern gleich in eine andere Stadt.

Gefühlte sechzig mal zogen wir um!

So lernte ich viele Schulen und Stätte kennen.

Auch viele verrückte Leute sind mir in dieser Zeit über den Weg gelaufen.

Am wildesten war aber ein Abend in Flensburg, an dem mich meine Mutter zu unseren Nachbarn gebracht hatte.

Das Nachbarhaus war ein Schönes Fachwerkhaus mit lauter roten lichtern in den Fenstern.

Ja....., es war der Stadtpuff!

Irgendwie hatte sich meine Mutter mit den Zuhältern und Nutten angefreundet.

Dort wurde wenn es brenzlich wurde auf mich aufgepasst.

So konnte ich schon in Jungen Jahren einen Puff von innen sehen.

Dort übernachten fand ich immer Cool . Im Wasserbett schlafen. Damals wusste ich ja noch nicht was ein Puff war.

Ich dachte immer, das, das so eine art Hotel war…

am Tollsten fand ich die Luftballons die dort rumlagen.

Allerdings hatten die immer eine komische Form und schmeckten auch irgendwie komisch…

Zu dieser Zeit hatte meine Mutter auch einen neuen Mann kennen gelernt. Ein für meine Verhältnisse riesiger Mann (Zwei MeterZwei).

Mit Seefahrer Mütze, Vollbart, Parker und Buttons auf denen Stand „Arbeitslos aber nicht wehrlos„

Er half ihr des öfteren im Restaurant!

Das Restaurant hatte Mom einfach aus dem nichts aufgebaut, was das betrifft war und ist meine Mutter eine Kompetente Frau.

Sie war aber trotzdem noch mit dem Säufer verheiratet.

Eines abends wurde ich mal wieder still und heimlich im gegenüberliegenden Puff untergebracht.

Der Saufarsch war mal wieder voll und bedrohte wie gewohnt meine Mom.

Unsere Freunde von neben an (die Zuhälter) haben das mitbekommen und ihn in die Mangel genommen.......

Soweit ich weiß ist er dann auch gleich mit grüner Begleitung in eine Klinik eingewiesen worden.

In der gleichen Nacht......ich war noch im Puff…stand dann ein LKW vor unserem Laden.

Es wurden schnell alle Sachen verladen und ich wurde aus dem schlaf gerissen. Wir waren wieder auf der Flucht.

Diesmal ganz weit weg. Es ging in ein neues leben.

Lindau am Bodensee „die Erste„

3.

Wir sind vom höchsten Norden, in den tiefsten Süden
Deutschlands gezogen.
Lindau am Bodensee.
Meine Schwester wohnte schon einige Zeit dort unten.
Ich war und bin ja ein richtiges Nordlicht, und jetzt
das........„Bayern„!

Eine komische Sprache und komische Leute.
Dort ist trotzdem endlich mal ruhe eingezogen.
Keine Flucht mehr. Keine Angst vorm nächsten Morgen.
Den Mann (der Riese mit der Seefahrermütze), den meine
Mutter im Norden kennen lernte, hatte sich uns
angeschlossen.
Er wurde so eine art ersatz Vater für mich. So was kannte
ich ja gar nicht. Jemand der immer da war und das auch
noch nüchtern.
Meinen richtigen Vater hatte ich bis zu diesem Zeitpunkt
noch nie gesehen.

Kurzer blick in die Zukunft,
die eigentlich Vergangenheit ist?!

4.

Das erste Mal hatte ich meinen richtigen Vater vor gut 20 Jahren in Teneriffa kennen gelernt. Ein richtiger Poser. Klein, leichter Bauchansatz, wenig Haare, ein Schnauzbart der wie beim Fernsehkoch Horst Lichter aussah...eigentlich sah er wenn ich so nachdenke genau aus wie der Fernsehkoch......

Im Teuersten Hotel hatte er übernachtet.
Mit Geld schmiss er nur so um sich. „Mir,, hatte er nichts davon gegeben.
Aber saufen, waren wir doch einige mal zusammen.

In einer Karaoke Bar hatte er dann auch noch im Suff meine damalige Freundin angemacht. Was für ein Vorbild. Na ja, das war das erste treffen mit meinem Vater.
Eigentlich wollte ich überhaupt keinen Kontakt mehr zu ihm haben.
Da er niemals für mich da war, spielte er in meinem Leben so was von keine Rolle, unglaublich wie egal er mir war! Trotzdem habe ich viele Jahre später noch mal mit ihm getroffen.

Bei ihm zuhause in Kiel. Interessanterweise haben wir uns dann richtig gut verstanden. Nach unserem Beisammensein wollte ich Ihn öfter treffen.
Auch wenn die Erinnerungen nicht so prickelnd wahren.

Das übelste was er mal gebracht hat war folgendes:
Ich war Lehrling und wie es halt so ist, war Geld mangelwahre. Also hatte ich die Telefonnummer von Ihm ausfindig gemacht, und ihm um Unterstützung angebettelt. Er hatte bis zu diesem Zeitpunkt nie etwas für mich bezahlt. Ja, doof war er nicht, er hatte alles was er besaß auf seine Frau überschrieben. Also war er offiziell mittellos. Genau das sollte sich aber rechen. Seine Frau hatte ihm zu einem Späteren Zeitpunkt alles weggenommen...danach, war er wirklich mittellos.

Als ich ihn damals um Geld angebettelt habe, meinte er nur dass die Geschäfte sooo schlecht laufen und er könnte nicht helfen. Das dreiste kam aber noch. Einige Tage nach dem Gespräch Kahm ein Brief von seinem Anwalt. Mit dem wortlaut. Herr Schmelzkamp hat kein Geld, und ich als Sohn hätte die Pflicht ihn zu unterstützen.(Mehr dazu später)

Das hat dann dem Fass den Boden Weggehauen.
Weil ich aber bin wie ich bin suchte ich trotzdem wieder Kontakt.
Wie schon gesagt bei einem späteren Treffen haben wir und dann doch ganz gut verstanden.
So wollte ich die Verbindung festigen. Dazu sollte es aber nicht kommen.
Denn kurze zeit später hatte sich mein Vater erschossen. Er war wirklich mittellos und traute sich nicht das zuzugeben.
Schade eigentlich...............

Lindau am Bodensee „die Zweite„

5.

Lindau. Dort sollte mein leben erst so richtig angefangen.
War auch wirklich schön. Ok ich bin aus dem Norden und
mein herz hängt immer noch da. Denke das Herz habe ich
bei der flucht einfach dort oben vergessen.
So viele Erinnerungen.(nicht nur schlechte) sind im Norden.
z.b Die Strand besuche.

Ich erinnere mich auch noch gerne an diese Begebenheit:

Meine Schwester kam einmal auf die tolle Idee nach
Dänemark an den Strand zu fahren. Ein echt toller Strand.
Mann konnte dort direkt mit dem Auto ans Wasser fahren.
Na ja, ich war jung und voller Tatendrang. Wir haben also

das Auto geparkt und ich bin gleich losmarschiert. Mir die Gegend anschauen.

Das Gelände war so groß das ich irgendwie die übersicht verloren hatte. Nicht nur die übersicht sondern auch meine Schwester. Bin also total verängstigt am Strand auf und abgelaufen. Stunde um Stunde. Die Sonne hat fürchterlich gebrannt. Das hat sich denn auch auf meiner Haut niedergeschlagen. Zuerst war ich leicht rosa, dann rot, dann knusprig.

Irgendwann wurde ich dann doch von meiner Aufsichtsperson gefunden. Kurz zusammen geschissen. Und dann wieder nach hause gebracht. Mir war das erst gar nicht so bewusst, was es heißt Brandblasen am ganzen Körper und einen Sonnenstich zu haben. Habe dann halt die ganze Nacht vor schmerzen geschrieen. Und das ganze Zimmer voll gekotzt.

Meine Schwester hatte sich ab dann geweigert mich auch nur irgendwie wieder mit an den Strand zu nehmen.(erst in Spanien hat sie sich dann wieder getraut).

6.

Meine Schwester.... ist gut 1.65 cm groß sehr schlank und hat wunderschöne Tiefschwarze Locken einen schönen Mund der meistens rotbraun angemalt ist. Leuchtende Braune Augen eine richtige Augenweide ist sie.... und sie war immer wichtig für mich.

Früher war es üblich die getragen Sachen der Geschwister aufzutragen. Bei uns war das nicht anders, ich musste die Klamotten meiner Schwester auftragen. Zum Glück hatte sie einen vortrefflichen Geschmack. Und einen Kaufwahn.

So hatte ich immer neue Sachen. Nicht alles war Männlich aber meistens war mir das auch egal.
In Lindau habe ich relativ schnell Freunde gefunden. Leute die auf meiner Wellenlinie lagen.

Party, Saufen, Kiffen!

Meine ersten Erfahrungen mit Drogen habe ich schon im zarten alter von 14 Jahren gemacht.
Es war mal wieder Wochenende und Ambross, Sepp, Sersch, Holgi (meine besten Freunde zur der Zeit) und ich....mein Name war damals Poldi. Sind zu einem Kumpel gefahren. Es war der erste Mai. Sepp und seine Brüder hatten Austauschschüler aus Frankreich zu besuch.
Die Beiden Franzmänner wahren Söhne eines Diplomaten. Also vollkommen seriös....dachten wir uns.
Wie üblich hatten wir einige Kästen „Weißgold„Bier dabei und haben uns wie halt immer, übelst weggetan.

Auch die Franzosen. Aber dann auf einmal haben sie angefangen so komisches Zeug an einer Kerze zu erhitzen. Damals wusste ich nicht was das ist.
Sie bauten also einen Joint. Weil wir ja damals für alles offen Wahren, haben wir insbesondere „ich„ gleich mit geraucht. Da war er, mein erster Lachflash. So nach dem Motto da hängen Trauben, hahahahah.
An dem Abend habe ich dann auch sehr gut geschlafen. Eher Tot als schläfrig. Gefallen hat mir das aber schon irgendwie. Danach hat mich das Kiffen dann viele Jahre verfolg. Immer auf der suche nach Stoff. Ja gekifft habe ich gerne.
Ja ja, ist lange her mmmmh.

7

In Lindau hatte ich auch meine Lehre als Konditor angefangen.

Meine Eltern sind na wie halt immer, wieder einmal umgezogen. Nach Ellhofen, so 40 Kilometer von Lindau entfernt. Habe also dort (in Lindau) auch meine erste eigene Wohnung bekommen. Ein Zimmer, mit dem Klo ein Stockwerk höher.

Die Zeit als Lehrling war ganz lustig.

Also nicht die Arbeit, arbeiten war nicht so mein ding.

Aber das was so nebenbei passiert ist war schon Komisch.

Die Konditorei gehörte einem Feuerwehrmann. Und mitten in der Backstube hing eine große Rote Glocke. Also wenn mal wieder Alarm war, fing die tolle rote Glocke an zu läuten. Am besten war es, wenn man dann schnell war. Nicht um Feuer zu löschen sondern um sich zu ducken. Denn wie gesagt immer wenn das laute läuten anfing, musste man damit rechnen das einem alles was mein Lehrmeister in der hand hielt, um die Ohren flog.

Ich versuch das mal zu schildern.

Es Läutet

Alles was der Alte in der hand hielt wurde ohne Rücksicht auf Verluste nach
hinten geschmissen.

Der Alte rannte nach vorne zu seinen Roten Klapprat und fuhr zur Feuerwache.

Auch draußen war egal wer da stand, alles wurde einfach umgemäht.

Na ja, so war das halt.

Auch sehr lustig war die Frau vom Chef.
Sie war ein grandioser Alki.(Irgendwie verfolgte mich das)
Man muss sich folgendes vorstellen. Die Frau war vielleicht
fünfzig sah aber aus wie neunzig.
Laufen Konnte sie auch nicht mehr. Also ohne Krücken
ging halt gar nichts mehr.

Unsere Backstube war folgendermaßen aufgebaut. Vorne
war das Cafe hinten war die Backstube mit einer
Glassscheibe. Davor ein kleiner Innenhof mit der Treppe
die in den Keller führte und davor noch mal eine Mauer mit
einem grossen Fenster aus Milchglas welches den Blick in
den Laden verdeckte!
In dem Keller war unser Lager, und auch das Sprit versteck
von der Chefin.
Über dem kleinen Innenhof war ein Plastikdach. Mit vielen
Löchern.
Die Treppe die nach unten führte hatte Stufen die schon
ganz abgerundet waren.
In der Backstube hatten wir unseren Arbeitstisch mit sicht
auf den kleinen Innenhof.
Manchmal hat es geregnet, und dann war die Treppe die in
den Keller führte leicht rutschig.
An manchen Tagen wenn die Krückendame mal wieder
Lust auf Sprit hatte ist sie dann halt in den Keller.
Aber nicht irgend wie sondern so wie Supermann....nein sie
ist nicht nach oben geflogen.
Es passierte fast immer das gleiche Schauspiel!

Wir waren am Arbeiten
schauten auf den Innenhof
Chefin kam mit Krücken langsam an.
Der Regen prasselte auf das Löchrige Dach.(Dadurch
wurde die Treppe glatt
wie eine Einsbahn.
Sie macht sich bereit für den Keller

Sie nimmt die erste Stufe.

Ein Kurzes „**ahhhhhh** „

Zuerst war sie noch zu sehen!

Zack

Nu nicht mehr!

Ja so wie Supermann.

Gleiche Geschwindigkeit, nur eben nach unten.

So erklärt sich auch warum sie Krücken hatte.

Doch war schon eine nette Zeit.….

In der Lehre hat man ja auch nicht soviel Geld.

Also am Monatsanfang habe ich immer genau gerechnet.

Also, wie viel Geld brauch ich zum Essen und Trinken

….und für Grass.

Sorry…..

ich war abends immer alleine in meinem Einzimmer

Abstellraum.

Was kann man da anderes machen als essen, fernsehen und

eben kiffen.

Das Zeug habe ich damals von einem Kumpel bekommen.

Eines Tages aber bin ich mal wieder zu ihm. Stoff kaufen.

Wie immer gab es zuerst ein Bier.

Dann gab er mir mein Grass, und dann zum Abschluss

hatten wir noch einen gequarzt.

Mein Kumpel war so ein Spaßvogel.

Einmal hat er mir ohne es zu wissen LSD in die Tüte

gemixt.

Also, der gleiche Ablauf wie immer! Mit dem Gravierenden

unterschied,

ich bekam meinen ersten Horror Trip!

Bin also wieder auf dem Weg in mein Wohnklo und aus

heiterem Himmel begrüßte mich mein Chef.

Nein er ist mir nicht begegnet sondern er war auf einmal

überall. Egal wo ich hinschaute. Mein Chef. Egal wer mich

ansprach mein Chef. Das schlimmste aber lauerte in der Innenstadt.
Nicht nur das dort drohend an jeder Ecke mein Boss stand, sondern das Stattkaufhaus hatte sich nach vorne gebeugt und mir einen tollen Abend gewünscht.
Na ja….ich habe dann erst einmal das kiffen gelassen.

8.

In Lindau habe ich auch meine erste große liebe getroffen. Michaela.(Sie sollte mich noch viele Jahre begleiten und stark verletzten)
Wir habe uns in einem Irisch Pup kennen gelernt. Ich war dort mit Ambros und Seppel saufen.
Und Sie hatte einen Auftritt mit Ihrer Band.(Sie war Sängerin)
Ich weiß nicht mehr ob das liebe auf den ersten Blick war. Aber wir haben uns vom Anfang an verstanden. Sie war halt anders als die Mädchen die ich bis dahin kannte. Sie war nicht sehr groß, war ein bisschen rundlich, hatte Halblange leicht gelockte Rotbraune Haare. Das Gesicht strahlte eine unheimliche Geborgenheit aus, auch die Akne die sie mit reichlich Make ub zu verstecken versuchte machte sie auf ihre art süß.
Sie machte eine Lehre als Kaufmann und ich eben als Konditor.
Sie war auch nicht doof, nein das war sie nicht.
Doch das muss ich noch erzählen.
Damals war ich noch sehr schüchtern(was Mädels angeht) Ich konnte ihr halt nicht direkt sagen das ich sie mag. Ich druckste halt so rum und sagte ihr das ich ein Problem hätte.

Sie meinte dann:

„Du sagst du hättet ein Problem…dadurch habe ich eines weniger und hasst eigentlich gar keinens gehabt„

Irgend wie romanisch oder!

9.

Meine Eltern sind noch während meiner lehre nach Teneriffa ausgewandert.

Da ja Michaela meistens bei mir war bot es sich an zusammenzuziehen.

Wir haben dann auch Lindau verlassen und sind nach Lindenberg gezogen.

Auch hatte ich meinen Lehrplatz gewechselt. Konditorei Birne war mein neuer Arbeitgeber. Dort war es allerdings alles andere als lustig.

Mein damaliger Chef der tolle Herr Birne war ein richtiges Arschloch.

Ich sag das nicht einfach nur so, nein er war wirklich ein Arsch.

Die Backstube war relativ klein. Zwei Tische zum arbeiten. Ein Ofen und eine Knetmaschine. Im Hinteren drittel gab es eine kleine Tür, die zum Keller führte.

Der Herr Birne war halt auch so ein richtiger Kohleriker. Wenn er also mal wider einen schlechten tag hatte…also eigentlich jeden Tag, konnte auch so manches passieren. Nicht nur das man aufs unmöglichste beschimpft wurde, sondern man wurde auch mit allerlei tollen Sachen beworfen. Konnte auch mal ein Messer sein.

Oder ganz toll war auch diese Begebenheit.

Wir hatten also die kleine Tür die zum Keller führte.

Unten wurde das Mehl gelagert.

Eines Morgens also, der Alte war mal wieder gut drauf, da hatte er einfach die Tür zugenagelt. Wir mussten um an das weiße Zeug zu gelangen, um das Haus herum laufen, über die Mülltonnen steigen um in den Keller zu gelangen. Und natürlich auch wieder den gleichen weg zurück. Nur diesmal mit einen 50 Kilosack auf den schultern. Echt geil. Ehrlich sogerne erinnere ich mich nicht an diese Zeit.

Auch Lindenberg war nicht so toll. Ein Kleines verträumtes Städtchen in dem man so gar nichts machen konnte. Geld hatten wir auch nicht, aber wenn wir mal etwas Pinke hatten, konnten wir es nicht ausgeben. (Da war ja nichts!!!) Also blieb uns nichts andere übrig als Zuhause zu sitzen und zu streiten, oder zu kiffen das war auch noch möglich. Oft saß ich in meinem Zimmer. Wir hatten zwar eine gemeinsame Wohnung aber getrennte Zimmer!! Also noch mal, ich saß also oft im meinem Zimmer und habe mich zu tode gelangweilt. Zur arbeit ging ich auch nicht gerne, warum?…na ja das habe ich ja schon vorher erzählt.

Meine Eltern waren ja aus gewandert. Und es hat nicht lange gedauert. Dann ist meine Schwester auch hinterher gegangen. Mein Bruder war zu diesem Zeitpunkt noch in Deutschland. Wir hatten zu dieser Zeit nicht soviel Kontakt. Manchmal habe ich mir ausgemalt wie es währe auch auszuwandern. Meine Eltern hatten mir ja auch immer per Telefon vorgeschwärmt, wie toll es dort währe. Aber eigentlich wollte ich erst meine Lehre durchziehen.

Nur besser wurde es nicht. Auch bei der Arbeit meiner Freundin lief es nicht so gut. Sie machte eine Lehre aus Kaufmann in einer großen Kühlschrank Firma.

Die ganze Situation war aussichtslos. Wir stritten viel. Jeder Pfennig musste dreimal umgedreht werden.
Wir konnten nicht mit , aber auch nicht ohne einander.
Wir waren sehr Jung und auf uns ganz alleine gestellt.
Niemand dem wir uns hätten anvertrauen können. Alle Hochs und Tiefs mussten wir alleine meistern.
Dieser Verantwortung war ich noch nicht gewachsen!
Wir lebten wie ein altes Ehepaar. Morgens arbeiten, einkaufen, Wohnung aufräumen, abends vor dem Fernseher einschlafen. Das Leben eines Spießers.
Wie ich das hasste.
Noch nicht mal zwanzig und schon innerlich Tot.

Wir hatten wieder mal kein Geld und sollten irgendwas bezahlen. Zum glück hatte ich ja noch die Nummer meines richtigen Vaters der in Kiel wohnte.
Also rief ich Ihn an. Er sollte ja eigentlich jeden Monat das Kindergeld überweisen. Hatte es aber bis zu diesem Augenblick nicht getan!
Wir klärten alles am Telefon. Er wollte mir auch umgehend Geld überweisen.

Aber Geld ist keines gekommen, sondern ein Brief von seinem Anwalt.
„Sehr geehrter Herr Schmelzkamp, wie uns ihr werter Vater mitgeteilt hat fordern sie Geld von Ihm. Da er Aber über keine Mittel verfügt bitten wir sie doch **IHN** zu unterstützen. Bitte überweisen sie doch die summe X.„
Zu der Zeit war er Selbstständig und hatte einen Porsche
Mein bescheidenes Einkommen betrug 300 DM.
Das war der Auslöser um wirklich alles hinzuschmeißen.

„Deutschland du kannst mich mal,,
War mein treibender Gedanke.
Zum Glück hatten wir nicht viel.
Also meine Eltern kontaktiert.
„Ey, wisst ihr was, wir kommen,,
So ist es passiert.
Wir haben die Sachen die wir hatten verscherbelt.
Die Wohnung abgeschlossen.
Mit Deutschland abgeschlossen!
Mit dem Rentnerleben abgeschlossen!
Teneriffa wir kommen!

Teneriffa „die Erste„

10.

Es war mein erster Flug. Das Jahr 1991 und abgesehen von
viel Gepäck hatten wir auch viele Sorgen.
War das wirklich der richtige Entschluss, alles einfach so
hinzuschmeißen. Was passiert jetzt mit uns, was bringt die
Zukunft, mit was werden wir unseren Lebensunterhalt
bestreiten, verstehe ich mich mit meinen Eltern? Werde ich
mich mit meiner Freundin verstehen…..wenn ich so zurück
denke eigentlich ganz schön krass die damalige Situation!

Aber umso weiter wir von Deutschland uns entfernten,
umso unwichtiger wurden die Gedanken.
Das Flugzeug landete. Die Tür zum Flieger und zu neuen
Abenteuer öffnete sich.

Wir hatten ja nur unsere Winterklamotten und draußen war es fast 40 grad warm. Oh man , wo bin ich denn hier war mein erster Gedanke.
Alles kahl keine Bäume nur Wüste.

An die Kahlheit im ersten Augenblick kann ich mich noch besonders gut erinnern. Klar in Deutschland war es immer schön grün. Die Bäume hatten Blätter, auf den Wiesen standen Kühe. Wenn es einem zu heiß war konnte man einfach unter einen Baum sitzen und abkühlen. Oder in einen Biergarten gehen, ein Kühles Blondes Trinken, einen leckeren ‚Wurstsalat dazu essen.
„Wozu habe ich mich denn da hinreisen lassen?„

Hier war es erst einmal nur Kahl, keine Bäume, keine saftigen Wiesen, kein Biergarten weit und breit. Nur Wüste…und Deutsche. Ich meine die, die mit uns geflogen sind.
Man kennt ja die Witze über Deutsche, das sie nämlich nur Sandalen tragen, natürlich mit den obligatorischen weißen Socken, oben ein Hawiihemd mit der passenden Hose. (bis heute weiß ich nicht wo man so was geschmackloses herbekommt! Monatelang habe ich im Internet gestöbert..und..nichts gefunden)

Na ja, um das Bild des typischen Deutschen Urlaubers noch abzurunden.
In der linken Hand eine Bild Zeitung und in der Rechten ein Schachtel HB.(damals hatten noch alle Geraucht).
Dieses Bild der Deutschen hat mich noch lange verfolgt…trotzdem konnte ich das wissen was ich über unsere Landsmänner hatte später noch gut gebrauchen!

Nun Waren wir ja am Flughafen in Teneriffa angekommen. Müde hungrig und durstig sind wir dann (damals noch zufuß) in das Terminal gelaufen, Passkontrolle, auf Koffer Warten.
Das mit dem auf die Koffer warten ist auch so ein Highlight.

Egal wo ich später noch auf der Welt war, immer das gleiche Spiel.
Ehrlich, ich habe Menschen aus anderen Ländern beobachtet. Keiner aber wirklich keiner führt sich so rücksichtslos auf wie die Deutschen Pauschal Touristen....oder sollte ich lieber Terroristen sagen…nein das würde wohl zu weit gehen.
Stellt euch folgende Begebenheit vor!

Die sich nach Erholung sehnenden, rennen von der Passkontrolle direkt zu dem Koffer Förderband. Jeder will der erste sein, und ist eine Person einmal vorne dann bleibt sie es auch. Egal was auch passieren Mag…einmal vorne immer vorne. Dann stehen sie da mit düstere Miene harren der Koffer die da kommen.
Alle die hinten stehen haben die Arschkarte. Auch wenn der eigene Koffer schon in sichtweite ist, man wird auf keinen fall vorgelassen.(an mir ist schon 5 mal mein Koffer vorbei gefahren…aber …)
Jetzt kommt aber das beste…deshalb bin ich auch der festen Meinung man sollte nur mit Sturzhelm Ganzkörper Lederkombi und Festen Handschuhen an so ein Band gehen.
Denn wenn eine Person mal seinen Koffer in griffweite hat, wird auch gnadenlos zugegriffen.
„Ah da ist meiner, natürlich wird das nicht so leise gesagt. Sondern als ob es das Wichtigste Ereignis auf der Welt ist , das man auf jeden fall mit der gesamten Menschheit teilen muss.

„Ahhhh daaaaa issttt Mein Koffer„

Dann wird zugegriffen. Der Koffer oder die Tasche wird
mit einer sagenhaften Geschwindigkeit nach hinten
geschleudert. Keine Rücksicht auf Verluste. (Deshalb die
Schutzkleidung….habe schon selber des Öfteren einen
Koffer mit voller Breiseite zu spüren bekommen.)
Hat Mann oder Frau dann endlich seinen Koffer, wird
direkt auf den Ausgang hingesteuert. Immer mit dem Blick
auf den eigenen Reiseveranstalter. Der ja bekanntlich auch
brav mit einem Schild bewaffnet draußen steht.

„Hallo Familie….sowieso…ja ihr Bus steht gleich da hinten
auf Platz 92…„
Das ist nur der erste versuch den Urlauber zu beruhigen!
Denn im allgemeinen steht der Bus nicht gleich da
hinten….gleich da hinten ist in der Reiseleiter Sprache ein
sehr dehnbarer Begriff.

Man ist also gut beladen, hat meistens noch seine
Winterklamotten an, und ist in der Brennenden Sonne auf
der suche nach Bus 92.
Der ja auch irgend wo sein muss. Aber wo….?,
Ist man dann doch eingestiegen, ja dann…..ja dann geht das
warten erst einmal los. Da ja auch noch andere Urlauber
mitfahren wollen…da aber der Flieger Verspätung hat, ist
man gezwungen im Bus zu warten…
Meistens geht es dann nach gefühlten 6 Stunden auch schon
los.
Und da kommt „Murphys Gesetzt„ zum Tragen.

Murphy sagt es gibt nichts gutes außer man tut es, will
sagen, wenn man z.b im Supermarkt an einer Kasse steht,
geht es an der anderen Kasse auf jeden fall schneller, aber
nur so lange bis man die Kasse wechselt….

Im Bus in einem Fernen Land ist es ähnlich, denn das
eigene Hotel ist immer das letzte auf der gesamten Tour…

Bei meinen ersten ankommen auf Teneriffa war es zum
glück nicht so.
Das mit den Koffern schon…aber anstatt einen Reiseleiters
stand am Ausgang meine Schwester.
Ein Bussi hier ein Schulterklopfer da und Sachen ins Auto
verfrachtet und schon ging es los….
Das Abenteuer Teneriffa…………..es sollten noch viele
folgen….nur das war mir natürlich in dem Augenblick gar
nicht so bewusst!

11.

Wir sind dann die Autobahn Richtung Süden gefahren.
Las Amerikas war das Ziel.
Ok, je weiter wir dem Süden uns näherten umso mehr war
ich von Landschaft begeistert.
Da waren auf einmal Palmen das blaue Meer war vor uns
und es fühlte sich gut an.
Wir fuhren also bis meine Schwester auf einmal einfach so
auf der Autobahn rechts rann fuhr.
„Kommt aussteigen ich muss Euch was zeigen,,
Auf der linken Seite Richtung Los Cristianos traute ich
meinen Augen kaum.
Dort war an einem Berg in riesigen Buchstaben das Wort
„**Hollywood**,,geschrieben.
„das ist euer neues leben,, meinte meine Schwester.

Sollte ich jetzt Schauspieler werden oder was?
Mit Schauspiel hatte **das** „Hollywood,, allerdings wenig zu
tun…

Wir sind dann wider in das Auto gestiegen und weiter Richtung neues Zuhause gefahren. Dort angekommen war ich total platt. Das Haus meiner Eltern in dem sie uns erst einmal einquartiert haben war so eine art Reihenhaus. Zwei Zimmer mit einem Bad oben, unten ein Schlafzimmer (unseres) ein gigantisches Wohnzimmer und ein Klo. Hinten war ein riesiger Gemeinschaftspool. Drumherum Palmen im Hintergrund Berge. Vor dem Haus eine Terrasse mit einem gemauerten Grill.

Dann ein Zaun, die Strasse, gleich dahinter unserer zukünftiger Lieblings Mexikaner.....und da hinter das Meer. Ganz kurz gesagt es war das Paradies.

Nachdem wir, meine damalige Freundin und ich, uns eingerichtet hatten,
sind wir in den Pool gesprungen. Alles was ich für Horror Gedanken hatte, war wie weggeblasen. Jetzt konnte das neue leben Beginnen.

Neues Leben schön und gut. Aber wie kann man ein neues Leben beginnen wenn kein eigenes Geld, Wohnung oder Arbeit vorhanden ist?
All das sollte sich aber in ganz kurzer Zeit zum guten wenden.
Wie geagt,,**Hollywood**,,sollte unsere neue Zukunft werden. Wir wurden auch ganz geschickt in all das eingeführt. Sozusagen per Schocktherapie.

Am ersten Abend in unserem neuen zuhause wurden wir von meinen Eltern begrüßt.
Ich war verwirt wer wahren diese Leute. Goldene Uhr am Handgelenk, Armani Brille auf der Nase. Boss Anzug und die Taschen voller Geld…waren das meine Eltern?

....(Früher waren die Beiden so richtig spießig Bürgerlich, Mutti war ja auch nicht so groß. Sie hatte in Deutschland immer kurze meistens Braune Haare, trug Stoffhosen und ihr Gesicht wirkte schüchtern.)....

Sie sahen zwar so aus…ich glaub ja immer noch das waren Doppelgänger…aber was soll's. Die haben uns Wohnung gegeben…Gleicheinmal unsere lehren Taschen mit Geld aufgefüllt und uns richtig gut zum Essen ausgeführt.
Zu dem Mexikaner auf der anderen Straßenseite unseres Hauses.

So was wie dort habe ich nie wieder gegessen (noch nicht einmal in Mexiko selber) so ein Steak, Salat, Tequila, Wahnsinn!
Auch der Tequila wurde nicht einfach nur hingestellt, es gab da nur einen so genannten Tequila Bum. Der wie folgt, serviert wurde!

Der Kellner hatte sich also bewaffnet. Mit einem Ledergürtel in dem kleine Gläser steckten. Einem Sombrero auf dem Kopf und einer Tompete in der Hand. Zuerst hatte er den Tequiler und Limo in ein Glass gefüllt, im gleichen Augenblick verfinsterte sich die Miene des Kellners, ein böser Blick und dann ganz Laut „**Tequiler Bum**„ er schleuderte das Glas mit einem Bierdeckel bedeckt auf den Tisch, ich musste dann das kühle brennende nass in einem Zug runter schütten. Eh ich mich versah spürte ich Hände an meinem Kopf, ich wurde durch geschüttelt. Danach Trötete er noch in seine Trompete, den allseits beliebten Kakuratscha Song….was soll ich sagen…leider Geil.

12.

Leider war das absolute Paradiesleben nur von Kurzer Dauer. Wir sollten ja hier nicht zum Urlaubmachen her kommen sondern zum malochen.
Also haben wir uns eines Morgens aufgemacht endlich zu erfahren was „**Hollywood**„ist.

Bis dahin hatte sich meine Familie darüber in schweigen gehüllt.
„Ihr werdet OPC`s„ meinte meine Mutter mal so neben bei. Ohne zu erklären was das ist.
(OPC – Outside personal contact)**Aha! ?**
Was sollte das sein...

Eines Morgens war es dann so weit. Wir wurden in die Welt des Timshare eingeführt.
Unter dem Namen Timeshare konnte ich mir natürlich gar nichts vorstellen.
Sollte ich Zeit verkaufen…an wen? und warum?…kann man überhabt Zeit kaufen?…und wenn man dann Zeit hat was macht einer damit?…fragen über fragen die ich mir zu diesem Zeitpunkt nicht erklären konnte…damals war ich gerade 18 Jahre alt.

Aber gut. Wir wurden dann einfach so wie wir waren mit meinen Eltern und meiner Schwester nach Los Christianos gefahren. Richtung Hollywood. Richtung Geld und Glimmer!

Hollywood.. oder Wie es Richtig hieß Hollywood Hollyday war eine Gigantische Hotelanlage. Echt so was hatte ich bis zu diesem Zeitpunkt noch nicht gesehen. Eine Anlage mit allem nur erdenklichen Luxus. Wahnsinn! Es war halt kein Hotel im eigentlichen sinne, es war eine Apartmentanlage in dem man sich nicht eingemietet hatte, über einen

Reiseveranstalter…sondern die Urlauber mussten sich Ihre Urlaubswochen…Bzw. Apartementanteile Kaufen.

Da kamen wir dann ins Spiel. Die OPC´s waren die erste stelle in der riesen Geldmachmaschine.

Der erste Tag als angehender OPC war auch dementsprechend spektakulär.
Wir wurden also von meinem Eltern einfach vor einem Gebäude unterhalb von Hollywood Hollyday herausgelassen.
„Geht einfach rein die kümmern sich dann schon um Euch,, meinten meine Eltern.
Gesagt, getan, ängstlich öffnete ich die Tür zu dem Gebäude in dem nur ein großer Raum war, in dem sich 100derte von jungen Leuten befanden.
Eingeschüchtert setzten wir uns einfach auf einen der lehren Stühle.
Auf einmal wurde es ruhig.
Vorne Öffnete sich eine Tür, zuerst kamen drei oder vier so mit Muskeln bepackte Kerle raus, dann der OPC Haupt Manager Danny White.
„Good Morning,, schalmeite es durch den Raum, und alle Menschen die sich dort befanden riefen…good morning Danny zurück.

Das ganze Meeting spielte sich in Englischer Sprache ab.
Kein Wort hatte ich verstanden. Meine Englisch Kenntnisse zu dem damaligen Zeitpunkt beliefen sich auf gut
„Null Prozent!,,

In der Schule hatte eine glatte fünf!

Zur Schule bin ich damals nur gegangen weil meine Eltern mich gezwungen hatten. Eine Sache habe ich aber gleich verstanden…es ging um Geld! Viel Geld.

Der Manager legte kurz nach der Begrüßung einen Riesen Haufen Peseten auf den Tisch, dann hat er irgendwelche Zahlen vorgelesen und verschiedene Leute mit Namen aufgerufen. Die Namenerwähnten Personen sind dann nach vorne marschiert und haben einfach so bündelweise Peseten in die Hand bekommen.

„Spiff,, das was das Wort was immer wieder viel. Spiff hier, Spiff da. Und wieder wechselte Geld seinen Besitzer.

Ich wusste nicht warum ,aber eines war mir in diesem Augenblick klar…
das, will ich auch haben.

Die Erste Person die und dann angesprochen hat war Jeami. Ein Dunkelhäutiger Glatzköpfiger Mann mit Holländischem Akzent.

„Chute Dach,, ich bin Jeami euer German Manager,,
Aha…
Er hat uns Michaela und mich dann einfach in sein Auto gesetzt und ist losgedüst.
Den Obligatorischen Joint im Mund, die Fenster runtergekurbeld.
Er hatte uns dann die Gegend gezeigt und wo es die besten Chancen gibt Deutsche Touristen zu finden!

Das Ganze OPC System war sehr streng organisiert.
Morgens, Mittags und Abends gab es Meetings ohne Ausnahme war „erscheinen,, Pflicht. Wer nicht kam oder zu spät auftauchte musste „Fine,,also eine strafe bezahlen.
Kein Pille Palle betrag, nicht auftauchen 10.000 Peseten(Rund 60 €) zuspätkommen ist mit 5000 Peseten (30€)n Zu buche geschlagen!

Die andere Seite war natürlich die. Bei jedem Treffen wurde wieder ein Spiff ausgesetzt. Wenn man es z.B. Geschafft hat vor 10 Uhr Morgens 2 Cuples (also 2 Pärchen) egal welcher Nationalität nach „Hollywood,, zu bringen. Dann gab es 20.000 Peseten Extra. Für Jedes Pärchen das dort angeschleppt wurde, wenn es 90 min Zeit hatte. Gab es 11.000 Peseten. Ich denke noch weiter ausführen wie viel Geld dort zu verdienen war spare ich mir!

So gesehen hörte sich das auch gut an, aber wie spreche ich jetzt einfach so Leute an? Warum sollte einfach jemand nur weil ich ihn bitte in ein Taxi steigen?
Die Fragen wurden uns schnell beantwortet.
Am ersten Abend unseres neuen OPC daseins wurden wir zwei sehr erfolgreichen OPC´s zugeteilt.
Dimitrij ein kleiner bärtiger Grieche der Deutsch sprach mit einem unglaublichen Akzent und Chris ein dürrer blonder mit Akne geplagter Holländer.

Die beiden haben uns dann in die Geheimnisse des OPC Geschäfts eingeführt.
Es war nicht erlaubt überall Leute anzusprechen. Es gab ja schließlich auch noch andere Timeshare Firmen die sich nicht in die Suppe spucken lassen wollten.

Nun gut, einer der beliebtesten Tricks war die Lostüte.
Auf der einen Seite waren so normale gewinne eingetütet
und auf der anderen Seite in einem Geheimfach nur erste
Preise (eine Woche Urlaub) die die eingeladenen Pärchen
auch tatsächlich bekommen hatten.
Folgendermaßen lief das ganze ab.

Zuerst wurden die Urlauber beobachtet. Mit der Zeit war es
ganz einfach die verschiedenen Nationalitäten ohne vorher
mit Ihnen zu sprechen auseinander zu Halten.
Z.B. Die Engländer haben meistens Segelohren sind
mächtig rot und egal wie toll der Anzug war, sie haben
immer billige Turnschuhe dazu getragen. Italiener waren
immer gestylt und trugen immer ultra geile Schuhe. Die
Deutschen, das war einfach.
Sandalen mit weißen Socken geschmacklose Hemden,
Bildzeitung.
So Traurig es ist Ihr müsst echt im nächsten Urlaub mal auf
die Menschen schauen und wir werdet mir recht geben.

Kommen wir zurück auf unsere ersten Lehrmeister im
Timeshare.
Dimitrij und Chris.
Die beiden haben Leute angesprochen und in Taxis
verfrachtet das war der absolute Wahnsinn.
Ich habe es dann auch mal probiert.

„Hallo….Haaallooo, ich bin Tom…..Hallooo ….bleiben sie
doch mal stehen…hallo hallo und das gleiche wieder von
vorne.
Schweißnasse Hände, kribbeln und bibbern am ganzen
Körper. Leichte Übelkeit…
Kein erfolg aber „Geile Synthome.„haha
Die beiden hatten sich mein treiben eine ganze Zeit mit
angeschaut.

Chris war der erste der mich aus meinem Dilemmer befreit hat.

Er sagte: „es gibt noch einen ganz besonderen Trick,, und drückte mir einen Joint in die Hand. Das wird dich entspannen. Ich zog genüsslich an dem Knüppel.
Danach ging es wirklich rund. Da ich so eine leck mich am Arsch Stimmung hatte, konnte Mensche in kurzer Zeit in meinen Bann ziehen.
Das erste Paar war im Taxi.
Es gab meinen ersten Spiff und ich fühlte mich als könnte ich die ganze Welt in den Händen tragen.

13.

Gekifft hatte ich nur kurzfristig bei der Arbeit. Irgendwann ging es dann ohne.
Nicht ganz…am Abend ja da gab es zuerst Wodka Orange und dann gemütlich eine Tüte. Zu der Zeit hatte ich das natürlich nur heimlich gemacht. Meine Eltern waren schließlich auch noch da!

Es hat nicht lange gedauert und ich konnte mir mit meiner damaligen Freundin Michaela ein kleines Apartment in Los Christianos gleich neben Hollywood Mirage leisten.
Ein Einzimmer Apartment mit Terrasse und Blick aufs Meer…sagenhaft.
Manuela hat das mit dem OPC dasein damals nicht so gefallen.
Sie hatte dann an die OPC Rezeption (dort wo die angeworbenen Pärchen angekommen sind) gewechselt.

War eigentlich auch gut so. Es gab festes Gehalt. So konnten wir die Miete und das Essen und einen Roller bezahlen.

Ein Auto brauchten wir zu der Zeit nicht. Roller oder wie er dort hieß Skooter, war viel angenehmer. Damals gab es noch keine Helmpflicht. Einfach rasen und der warme Wind rausche am Kopf vorbei. Es war auch nicht üblich ein Auto oder eben einen Skooter zu kaufen, es wurde alles gemietet. Einen extra Motorrad Führerschein brauchte ich auch nicht.
Mit den Gefährt wurde auch gearbeitet.
Wir fuhren einfach durch die Strassen von Las Americas, sobald ein Pärchen gesichtet wurde, wurde direkt vor den Leuten gehalten. Sie wurden angesprochen und nach allerlei hin und her in ein Taxi verfrachtet.
Kling, Kling schon wieder Peseten verdient.

Das was ich an Geld anschleppte sollte, so war der Plan an die Seite gelegt werden.
Nur leider muss ich jetzt sagen…..ist das Geld genauso wie es reinkahm wieder verschwunden.
Ganz klar, vorher hatte ich nie Geld, schlagartig habe ich das Geld mit der Schubkarre nach hause gefahren und konnte vor lauter lachen über das Geld nicht einschlafen. mmmhhh
Es wurden teure Sachen gekauft. Essengehen, jeden Tag!…und Feiern auch jeden Tag…..
Boh Ey war ich doooooof!

Zu der Zeit hatte allerdings nicht immer die Sonne aus meinem Arsch geschienen.
Michaela und ich haben uns Tagtäglich gestritten.
Einerseits ging es uns Geld und anderseits um meinen Marihuana Konsum.

Kiffen war in meinen Augen eine tolle Sache. Mal ganz ehrlich. Ich werde niemals begreifen warum in Deutschland das Zeug so verteufelt wird.
Natürlich ist es nicht gesund. Das ist Alkohol aber auch nicht.
Es ist viel einfacher an ein Bier zu kommen als an Weed.

Fakt ist, es gibt in Deutschland mehr Alkohol ab hängige als Kiffer.
Auch diese Sprüche…Marihuana ist eine Einstiegsdroge sind meiner Meinung nach Quatsch. Natürlich gibt es viele Jugendliche die sich hinreißen lassen und dann was stärkeres probieren.
Einige Idioten greifen dann auch zu Heroin.
Erwiesen ist aber auch, das Kiffen das Hirn auf gewisser weise verkalken lässt.
Es macht gleichgültig und aggressiv!
Das macht Alkohol auch!!
Ab und zu was trinken ist in Ordnung. Bein Kiffen ist das genau so. Ab und zu mal ein Tütchen ist ok.
Generell gesehen ist alles was übertrieben wird mist.
Ich muss nicht jeden Abend Saufen Fressen oder Kiffen.
Aber manchmal….ja dann kann das schon ganz schön sein.

Manuela und ich haben uns also immer gestritten.
Und natürlich habe ich geraucht. Aber niemals zu viel.
Sie konnte aber denke ich, nichts mit meiner Einstellung zum Leben anfangen!

So im nachhinein hätten wir **niemals** zusammen auswandern dürfen.

Wir haben niemals richtig zusammen gepasst. Auch das habe ich erst später erkannt. Sie wollte immer….ja was eigentlich?…das wusste sie wahrscheinlich damals selber nicht. Sie wollte hoch hinaus…ich wollte einfach nur leben.

Bevor wir uns das erste mal trennten hat sie etwas gebracht, was gar nicht so nett war.
Wir hatten mal wieder gestritten und sie ist einfach abgehauen aus unserem Apartment.
Ich saß da also so ganz alleine gemütlich auf den Sofa.
Hab mir schön einen gezwirbelt.
So kurz vor dem einnicken hat es dann plötzlich an meiner Tür gebollert.

Schlaftrunken schlurfte ich so zu Tür, mach auf, ohne was zu sagen stürmt der Mann meiner Muter ins Zimmer. Ging schnurstracks auf mein Grass versteck zu, griff den Stoff schmiss ihn in Klo, drückte den Abzug!

„Ich hätte weinen können…das tolle Zeug„

Ohne es so richtig begriffen zu können saß ich im Auto meiner Eltern, meine Sachen wurden auf den Rücksitz geschmissen.
Geradewegs Richtung Palm Mar.
Meine Eltern waren vor einiger Zeit dort hinausgezogen.
Geiles Haus. Nur leider weit weg vom Tobenden Leben!
Da war ich nun. Mitten in Palm Mar.
Warum?

Die Erklärung ist ganz einfach. Meine Ex ist zu meinen Eltern marschiert und hat so einen Müll erzählt, das ich nur noch Drogen nehme…nein nicht Kiffen..sie malte das richtig aus. Ja Koks und Heroin hab ich mir immer gegeben. War nur mit den falschen Leuten unterwegs. War nur aggressiv…ja das volle Programm.

Ich sag nicht das ich nur toll war…Harte Drogen hatte ich allerdings bis zu diesem Zeitpunkt niemals genommen. Ich konnte Laut werden war aber niemals ungerecht…
Egal, es tut einfach mal gut sich auszukotzen…Ihr müsst ja nicht zuhören…aber wenn ihr wissen wollt wie es weiter geht bleibt Euch nichts andere übrig.haha
Michaela und ich waren also zum ersten mal getrennt. Sie in unserem Apartment und ich im Exil in Palm Mar.

14.

In Palm Mar wurde dann auf mich eingeredet.
Von der Außenwelt abgeschnitten sollte ich nun auf die Nächste Stufe im Timesharebusiness vorbereitet werden.

Ich sollte Liner werden.

Liner waren die Verkäufer die die Pärchen wenn sie bei Hollywood Hollyday abgeliefert worden waren gekonnt bearbeiteten.

Die Cuples (Pärchen) wurden and der Rezeption ausgefragt…Name, Alter Verheiratetet usw.,,Haben Sie 90 Min Zeit,,

Sobald die damit einverstanden waren. Wurde ein Liner gerufen. Der hat dann freundlich die Leute mitgenommen in den Sealsroom.

Ein Riesiger Raum mit lauter traumhaftschönen Urlaubsbildern und einer Großen Glocke in der Mitte des Raumes.

Der Liner setzte sich also mit den Leuten hin. Gab Ihnen etwas zutrinken. (Kaffe, Saft oder Wasser) Alkohol war verboten!
Außer die Kunden entschieden sich etwas zu kaufen, dann wurde mit einen Gläschen Sekt angestoßen!

Zuerst gab es den so genannten Smalltalk. Genau genommen war es einschleimen der feinsten Sorte bei den Kunden.
Unbewusst wurden die Menschen in einen Bann gezogen. Ein riesen Getöse in dem Raum…100derte von Verkäufern und Pärchen. Alle 10-15 min ertönte die Glocke in dem Raum.

„Ladis and Gentlemen plese welcom our new onwer at Hollyood Hollyday, they just bought a one Bedroom Apartement (oder 2 oder 3 Raum) please stop working on this weeks. gife big aplaus„ bla,bla!

Nach den Warmub wurde dann Gepitcht. Also es wurde erklärt wie das System funktioniert .(das werde ich jetzt nicht machen…wenn ihr wissen wollt wie es geht einfach mal googeln!)
Danach ging es zur Außentour. Die Anlage und die Apartement`s wurden gezeigt und es wurde immer darauf hingewiesen das man sich nur heute entscheiden kann…ehrlich die Anlagen waren und sind echt Spitze. Auch das System ist gut…aber nur wenn man sich das wirklich leisten kann!
Wenn einer nur ein bisschen Verkaufstalent hatte und wenn man sabbeln konnte, war das Verkaufen nicht so schwer.

Meine Mutter war in dem ganzen Geschehen die Beste. Sie war Europaweit ungeschlagen.
So was passt auf keine Kuhhaut. Die konnte die Leute einlullen…Hamma….

Der Mann meiner Mutter war auch mittlerweile zu einem TO (Verkaufmanager) aufgestiegen. Er bildete mich aus!

Da ich ja von der Außenwelt abgeschirmt war. Keine Freunde keine Party und eigentlich kein richtiges Leben hatte, lies ich mich auf das ganze ein.
Mit allen Kniffen und Trix….
Ok, ein bisschen Verkaufstalent hatte ich von Meinem Opa geerbt.
Mein Opa von dem hatte ich ja noch gar nicht erzählt.

Also Opa Hans war zu Lebzeiten Schlachter und Viehhändler. Der konnte das schlimmste Ferkel als die beste Sau verkaufen! Ein Haudegen vorm Herrn. Ich habe Bilder aus jungen Jahren von Ihm gesehen. Was für ein Mann.
Breite schultern Schaftstiefel. Ein Ganzer Kerl. Gertunken Geraucht und gefeiert hat er bis zum Schluss. Nach seinem Schlaganfall durfte er nicht mehr rauchen. Aber immer wenn als Kind zu besuch war hat er mich als Alibi genutzt um mal frische Luft zu schnappen. Das, was mir immer noch in den Ohren klingelt…da muss ich immer noch grinsen,…war meine Oma Uschi, sie rief immer wenn wir rein kamen. ,,Na Hans Frische Luft was!?….Lux Oder Camel hahahaha,,

Auf jeden Fall habe ich das aussehen und das Verkaufstalent und die Musikalität von meinem Opa geerbt. (OK…ich bin klein hab ein bisschen Bauch wenig Haare, aber Muskulös und Musikalisch bin ich auch)
Na, ist doch auch was.
Von meinem Opa stammen auch so tolle Sprüche wie.
,,Da sprach die Ganz zum Gänserich im kalten Wasser steht er nicht,,
ganz beliebt war auch. ,,Tom !Danach nie auf Kalte Fliesen gehen!
Bis vor einigen Jahren habe ich nicht verstanden was er damit meinte! Echt man kann alt werden wie ein Schwein, auslernen tut man nie.

Kommen wir zurück.

5-7 Stunden Tag ein Tag aus wurde mir das gesamte wissen über Timeshare eingetrichtert. Das war fast wie eine Gehirnwäsche. Mein ganzes Zimmer hing mit Verkaufsprüchen und Strategien voll. (Sind sie nicht auch der Meinung das..... oder wenn es nicht kosten würde für welche Art von Urlaub würden sie sich entscheiden?)

Irgendwann war es dann soweit.
Mein erstes Pärchen wurde mir serviert.
3 Stunden 6 Kaffe eine Schachtel Kippen zwei durchgeschwitzte Hemden.
Mein erster Verkauf!

Einfach mal so 2000 DM verdient. Das war's, ich war für den Augenblick angekommen. Alles drehte sich ab jetzt um Timeshare.

Das wissen das einem eingetrichtert wurde ging auch volle Kanne ins normale leben über. Alles und jeder wurde manipuliert. Ohne das ich es gemerkt habe wurde zum Timshare Junky.

Noch ein Pärchen und noch eins. Egal wie lange die Arbeitstage waren.
Hauptsache Geld machen. Ganz neben bei...es war eine Geile Zeit.
Natürlich gab es auch viele schatten Seiten. Kaum Freizeit. Keine Zeit um Hobbys nachzu gehen. Gut, zu dem Zeitpunkt hatte ich auch keine... saufen und Feiern zähle ich nicht zu den Hobbys.

Damals haben bei Hollywood meine Mutter meine
Schwester und der Mann meiner Mutter (mein Stiefvater)
gearbeitet. Der Timeshare Virus hatte aber noch Größere
kreise gezogen.

Mein Bruder der zu der Zeit noch in Deutschland wohnte
hat auch Lunte gerochen. Später ist auch noch meine
Cousine nachgekommen.

Simpel gesagt wir waren der Größte und erfolgreichste
Familien Timeshareclan
der ganzen Welt...! ungelogen.
Das sollte sich aber bald ändern.

Wir haben halt so vor uns hin gearbeitet. Der erste Manager
den ich hatte war „Herr Docktor„ Ein Holländer der
gerissenen aber fiesen Art.
Er konnte einen mit reiner Brutalität so unter Drucksetzen
das es keine andere Möglichkeit gab als zu Verkaufen.

Es gab für Ihn eine ganz einfache Rechnung.
Wer schreibt der Bleibt.
Haste verkauft haste einen Job. Wer nicht schrieb. Der flog
raus...ohne Rücksicht auf Verluste.
Das wir so erfolgreich waren hatte auch nachteile.

Einige wurden zu gierig. Leider war der Mann meiner
Mutter auch so einer.
Nachdem Herr Docktor das Ressort Hollywood verlassen
hatte, ist mein Stiefvater in der Hirachie nachgerutscht und
wurde unser Manager.

Wir waren ja eine Große Gang.

Stellt euch das so vor. Eine gute Fußballmannschaft oder eben gute Spieler werden einfach an den höchstbietenden verkauft. Im Timeshare war das ähnlich.
Wir wurden einfach verkauft. Wie das so funktioniert hat habe ich auch erst viele Jahre später begriffen. Ich war kein Mensch mehr, sondern nur noch wahre.

Das Geld das bei so einem Verkauf floss wurde nicht in der Familie aufgeteilt, sondern wanderte einfach in die Taschen meines Stiefvaters. Damals war ich zu blauäugig...oder besser gesagt zu Dumm um das zu begreifen.

Auf Teneriffa gab es nicht nur Hollywood Hollyday der Markt wurde unter Firmen wie „Hympy„ einer englischen Baufirma „World„ ein Amerikanisches Unternehmen und Johan Baum einen Englischen berufskriminellen aufgeteilt. Später gab es noch viele andere Firmen.
Stichwort Johan Baum:
Die Anlagen die von seiner Firma Gebaut wurden waren damals Rosa Vogel und Island Häuser.
Die Verkaufstrategie war dem des Hollywood sehr ähnlich. Aber mit den Großen Unterschied, das es dort gefühlt 10.000 mehr Möglichkeiten gab zum verkau zu kommen. Sagen wir mal so: Es wurde einfach alles so gebogen das es für jeden Käufer das richtige Angebot gab. Die Devise war folgendes, egal wie „**Verkauft einfach**„

Sobald 30% des Kaufpreises Bezahlt wurden mit CC Card. War unser Lohn sicher. Alles andere Zählte für uns nicht!

Wir wurden wie schon erwähnt auch Verkauft und mussten für Johan Baum arbeiten. Es Hört sich nicht nur wie Sklaven Arbeit an, es war auch welche. Jeder stand unter Kontrolle.
Jeder schritt wurde überwacht. Solange man tat was die wollten war alles gut. Geld lief, alles gut soweit.
Ist aber irgendwas schiefgelaufen oder es wurde mal hinterfragt warum dieses und jenes..ja dann gab es aufe Schnauze. Nicht verbal, nein! Richtig!!!

Mir ging es dort gut. Ich war ja noch sehr Jung (19) und erfolgreich also haben die mir Sahne um den Mund geschmiert. (Währe ich dort geblieben hätte ich vielleicht noch was von meiner Kohle...diese Gedanke verfolgen mich bis heute...wer weiß vielleicht währe es auch noch anders gekommen)

15

Der Mann meiner Mutter wurde leider immer gieriger.(auch aus einem ganz bestimmten Grund...den wir alle bis dahin nicht kannten...

Er war „Spielsüchtig„ und hatte das Geld was er und meine Mutter verdienten schön brav in Casino getragen.

Es musste also immer wieder neues Geld herangeschafft werden.
Wir, also sein Team waren ein geniales Druckmittel um eben seine Forderungen nach mehr Geld von den Firmen durchzudrücken.
Nach Johan Baum sind wir zu „Good Holyday„ gewechselt. Dort war es allerdings sehr schwierig meine Familie zu Verbergen. Er Versuchs mal mit einer Liste dazustellen:

Mein Bruder hatte auf der Straße als OPC die Leute eingeladen.

Meine Freundin war an der Rezeption angestellt und hat die Menschen entgegengenommen und Vorbereitet.

Mutter, Schwester, Cousine und Ich waren im Verkauf.

Mein Stiefvater war der Verkaufleiter.

Für die Verträge war mein damaliger Schwager zuständig.

Immer wenn ich gefragt wurde ob ich hier ganz alleine wäre auf der Insel...habe ich kurzerhand mir **„ja„**geantwortet....

„Good Holiday,, lief einige Zeit auch ganz gut. Bis, ja bis
wir wieder einmal wechseln mussten. Dieses mal wieder
zurück zu Johan Baum.

Damals habe ich das einfach so hingenommen.
Dachte, das wird schon so richtig sein. Wie gesagt die
zusammenhänge habe ich nicht verstanden oder besser
gesagt ich wollte es nicht verstehen.
Seit ich diese Buch schreibe ist mir vieles klar geworden.
Auch das mit dem **„so hinnehmen,,**

Alles was mir nicht gefiel wurde unter einen Stein gelegt. Es
sammelten sich viele Steine, bis die Mauer um mich herum
so hoch war, das ich nur noch in meinem Loch saß und ja
und Ahmen gesagt habe. Was sollte ich auch anderes tun.
Keine Lehre oder Schulbildung, keine Ahnung was die
Zukunft bringen wird, ganz tief drinnen war mir klar das
konnte es nicht gewesen sein. Nur Timeshare.

Nur auf dieser Verkackten „**Insel**,, hocken.!?

„**Insel**,, ein Tolles Stichwort:
Oder besser gesagt:

„Der Inselkoller,,

Es hört sich so romantisch an.
Goldene Stände, nun gut, die Stände auf Ternerifa waren
alles andere als Golden sie Waren und sind einfach nur
Schwarz...........

Noch mal, tolle Stände, das weite Meer, immer
Urlaubsstimmung. Immer Warm nur selten Regen. Toll!!
Genau das war das Problem. Natürlich hatte ich den Strand
und das Meer genau vor der Haustür. Aber wenn alles so
nahe ist benutzt man es nicht. In den ersten drei Jahren
konnte ich die Srand besuche an einer Hand abzählen. Es
gab nur einen Deutschen Fernsehsender (Deutsche Welle...)
kein vernünftiges Brot und keine schöne leckere Wurst.
Spanisches essen ist toll keine Frage.

Aber wie sagt es sich so schön.
„Das Gras beim Nachbarn ist viel Grüner,,
Will damit sagen, wenn es keine Möglichkeit gibt sich mal
was Deutsches in den Mund zu schieben dann vermisst man
es. Auch in den Urlaub fliegen war niemals möglich. Geld
habe ich viel verdient aber aus irgendeinem Grund hat es
trotzdem nie für einen geilen Urlaub gereicht. Den ersten

richtigen Urlaub habe ich erst viele Jahre später mit meiner jetzigen Ehe Frau gemacht. Ok ich war schon an vielen Orten auf der Welt, aber halt anders.
Dazu kommen wir später noch.

16.

Wir waren also wieder bei „Johan Baum„ dieses mal im Pfeffer Park in Las Amerikas.
Jipi...das war wohl der mieseste Schuppen in dem wir je gearbeitet haben. Zu der Zeit ist mir von dem Verkaufen nur noch übel geworden. Einfach keinen Bock mehr. Meine Zahlen wurden immer schlechter und jedes neue Pärchen brachte mich dem Kotzreiz näher. Das einzige was mich zu dieser Zeit aufgebaut hatte waren die legendären Ausflüge mit meinem Bruderhertz.

(Mein Bruder ist ganz anders als ich. Er ist groß, hat volles Graues Haar ist sehr gepflegt ein bisschen spießig aber nett.)

Wir sind einmal die Woche zum Gokart fahren gegangen. Das war immer Mega. Eines Tages aber gab es neben der Gokart Bahn eine neue Attraktion.
Ein Bungie Turm.
90 Meter hoch.
Aufgeregt sagte mein Bruder: „Komm Tom, wenn du da runter Springst bezahle ich das„!!
„Springst du auch„? fragte ich.
„ja natürlich„! meinte mein Brüderchen!
......Ich also meinen ganzen Mut zusammen gefasst und zu dem Turm.

Ich wurde an den Beinen zusammengeschürt, musste dann in den Korb hüpfen, die Tür viel in schloss und schon wurde ich in die Höhe gezogen.
Ach ja, es währe noch zu erwähnen das ich bis zu diesem Zeitpunkt kein Problem mit Höhe hatte!

Ich wurde also in die Höhe gezogen, schloss meine Augen spürte nur wie der Wind um meinen Kopf wehte.
Absolute ruhe.
Dann ein kleiner Ruck. Ich Atmete tief durch und öffnete wieder meine Augen. Wir waren oben angekommen.
Ganz hinten konnte ich leicht diesig das Meer sehen.
Ich winke meinem Bruder zu, der grinsend unten stand.
„Du machst das aber auch ok!, rief ich nach unten!
„Sowieso„ hallte es mir von unten entgegen.
Die kleine Tür am Korb öffnete sich, langsam rutsche ich nach vorne. Die Hände links und rechts am Korb.
„Bei eins einfach fallen lassen„ meinte der Sprungmeister.
Gesagt, getan.
Einmal noch schloss ich die Augen, Gänsehaut am ganzen Körper. Die Beine wurden mir weich. Todesangst kroch in meine Gedanken.
Der Sprungmeister fing an zu zählen:

„Drei„

das ganze leben raste in Höchstgeschwindigkeit an mir vorbei, auf einmal erinnerte ich mich an lang vergessene Sachen!

„Zwei„

Wieder Gänsehaut, Todesangst was hätte noch aus mir werden können. Ich hatte noch nie Sex nie 2 Frauen wie schmeckt eigentlich Spanferkel?

„Eins,, ...

Ich öffne die Augen, lies den Korb los und viel in die Tiefe!
Höre meinen Bruder Rufen:
„er hatt´s gemacht,,
der Boden kam immer näher.
Ich schrie, alles was sich aufgestaut hatte ist mit einem
riesigen Rozbollen aus mir rausgefallen.
Dann ein Ruck an meinen Beinen, zuerst nur schwach dann
immer stärker.
So vier- bis fünf Meter vom Boden wurde ich wieder in die
Höhe gerissen.
Jetzt fühlte ich mich Frei. Dann pendle ich langsam aus.
Ohne es zu merken wurde der Korb an dem ich hing herab
gelassen. Irgendwann spürte ich Hände an meinen
Schultern. Die Sprungmeister legten mich auf den Boden
und befreiten meine Beine aus den Fesseln.

Also das muss ich noch sagen, ich war so 1000000
Prozentig auf Körpereigenen Drogen...Hamma, so High
war ich noch nie, das war Geil, nicht so Geil war und ist
Folgender Punkt.
Seit diesem Stunt habe ich unendlich Höhenangst. Ich kann
noch nicht mal auf eine Trittleiter stehen um eine Glühbirne
zu wechseln. Mist!!!!!!!
Und mein Bruder ist bis heute nicht gesprungen....

Das mit dem Sprung war für den Augenblick aber
sensationell.
So viel Energie hatte ich nie wieder.
Zu der Zeit hatte ich mich entschieden, mich aus dem
Glimmer Las Amerikas zurück zuziehen. Michaela und ich
sind nach Cabo Blanko gezogen.
Ein Kleines Dorf in der Nähe von El Medano.

Es war zwar ein weiterer Weg zur Arbeit, aber ich konnte mich dort so richtig gehen lassen. Ohne den ganzen Trubel.
Ich schaffte mir 2 Hunde an. Pino und Jenni.
Dort war es auch einfacher sich mit Spaniern anzufreunden als in der Scheinwelt.

Endlich konnte ich mal ich sein. Gefeiert habe ich Trotzdem.
Es war die Zeit, Anfang der Neunziger in der, der Techno einzug in Teneriffa gehalten hat.
Zuerst waren die Partys noch Illegal!
Meine Spanischen Freunde hatten mir erklärt wo und wann die Busse zu Diversen Party gefahren sind. Da stand auch nichts dran äh, an den Bussen. Einfach einsteigen und los ging´s.
Meistens Irgendwo in die Berge.
Aus dem Bus Raus und nur dem „Bumm, Bumm,, utz,utz,utz hinterher.
Am Eingang wurde dann ein kleiner Obolus entrichtet. Meistens so 2000 Peseten. Als Dankeschön gab es einen Stempel mit einen Smily und eine Pille auf der auch ein Smily war.
Die Höflichkeit erwartete das diese auch sofort auf die Zunge gelegt wurden.!

Pillen waren zu dem Zeitpunkt mein neues Gras. Pillen waren gut. Alles um einen herum, alle sorgen und Ängste waren weg. Nur diese Brummen und Knallen der Musik war wichtig. Es war ein unglaubliches zusammen gehörigkeits-Gefühl an diesen Orten. Getanzt habe ich eigentlich nie, eher so Rytmisches stehen war mein ding. Meine Iris in den Augen war gar nicht mehr vorhanden. Auch das Sprachzentrum war angegriffen. Leicht taube und schwitzige Hände. Peinlich wurde es nur wenn ich angefangen habe alle so sehr lieb zu haben.

In dem ganzen Rausch habe ich das Arbeiten nie vernachlässigt, das war mir mich wichtig, feiern ok, aber Arbeit muss sein. Immer Pünktlich und mit Anzug so sollte es sein.

17.

Nach einiger Zeit wurde es ruhiger um das ganze Timeshare geschehen. Ich machte meinen Job so wie jeder andere auch. Zog also mein Ding einfach durch.

Mehr Stupide als mit Elan. Die Luft war raus. Nichts war mehr so wie am Anfang. Der Glimmer die Partys, das viele Geld...alles Vergangenheit.

Mir ging es schon gut. Aber Irgendwas fehlte.
Das war auch die Zeit als meine Schwester zum ersten mal zurück nach Deutschland ging. Sie hatte ja hier Ihren Mann kennengelernt. Den Sie in Deutschland später auch geheiratet hatte.
Das war ein Fehler, der Arsch der Blöde.
Fremdvögeln das konnte er gut. Nicht gleich zu beginn der Beziehung das kam erst später.

In Norddeutschland hat mein Schwesterchen auch noch ein Mädchen zur Welt gebracht. Das war die 2te Tochter. Die erste war ja schon mit in Spanien.

Meine Schwester verdrückte sich also, wie so viele andere aus dem Timshare busines auch. Ich bin zu der Zeit immer noch Brav mit dem Strom geschwommen.
Einer sacht „uh„ und ich sach „ha„

Es war also wieder einmal an der Zeit zu wechseln. Daran hatte ich mich schon gewöhnt. Dieses mal sollte es aber ganz anders kommen.

Da unser damaliges Oberhaupt wieder einmal Schwierigkeiten mit Johan Baum hatte. Musste wir alle, **WIEDER EINMAL**, die Firma wechseln. Aber nicht einfach eine andere Firma! „**Nein**„ es sollte gleich ein ganz anderes Land sein...ach was sage ich gleich ein anderer Kontinent.
„**Mexiko** „
Da haben wir hingemacht! Warum gerade Mexiko?
(Erzähl ich gleich!)

Meine Schwester war ja in Deutschland und meine Cousine war zu dem Zeitpunkt auch schon wieder nach Hause gegangen. Mein Bruder...mmm wie war das noch...ich glaub er ist damals kurzzeitig auch wieder zurück gegangen.

Kurze Rede keinen sinn...Mutter, ihr Mann meine Freundin, Shorty unser neuer Familien Freund und ich stürzten uns ins Abenteuer.
Zum glück hatte ich nicht viele Besitztümer.(So wie immer eigentlich) Das bisschen was ich hatte, habe ich verschenkt. Ein Koffer war alles, was übrig war.

Zuerst sind wir nach Getwick (ein ort gleich neben London UK) geflogen. Dort sollten wir einige Tage auf den Anschlussflug nach Houston warten! Wir übernachteten in einem sogenanten Bett und Breakfest.
London wurde natürlich auch besichtigt.
Den ganzen Touristen mist haben wir damals mitgemacht.
Madame Tusot usw.
Sollte Ihr jemals nach London fahren seit gewarnt.

Wenn Ihr in Deutschland die Straße überqueren wollt, ist es ja immer der gleiche Ablauf.
Vorgehen bis zur Bordsteinkante nach links schauen, nach rechts schauen und wieder nach links sobald kein Auto sich nähert einfach loslaufen.
Versucht das mal In England!
Ich habe es getan, genau nach dem prozedere..und...ja!
ich wurde über den Haufen gefahren!
Ha! scheiß rechts Verkehr!
Getwick war auch irgendwie unheimlich. Abends zog dort Nebel auf, nein nicht so leichter Nebel. Der hatte Diskorauch Qualität. Nicht 50 Meter weit schauen, neee, höchstens Fünf cm.
Einens Abends sind wir dort auch in einen Pup gegangen.
In Spanien war ich das ja gewöhnt erst so um 22 Uhr auszugehen. Das war dort damals ein grandioser Fehler.
Es war zu der Zeit noch Sitte die Pups früh zu schließen.
Punkt 23 Uhr, läutete der Wird eine Glocke brüllte „last order,, und das war's.

Endlich war es soweit, der Flieger war Startbereit auf nach...Mex...nee erst nach Houston.
Der Flug dauerte! und dauerte! und dauerte! und dauerte! und nach gefühlten 2 Jahren betrat ich zum ersten mal einen neuen Kontinent.

So muss sich Kolumbus gefühlt haben.

„Kommt alle her, ich komme aus der Alten Welt und bringe Euch Glasperlen, nennt mich Meister......

Houston war nur der Zwischenstop. Wir duften den Flughafen nicht verlassen. Hungrig und Durstig gingen wir in die dafür vorgesehene Wartehalle.

Dann das, der Schock meines Lebens! Cool wie ich ja nun mal war ging ich zur Bar.

„A lager please,, soweit so gut.

„Please show me your pasport,, schalte es zurück.

Was!?, die wollte echt meinen Ausweis sehen dabei war ich zu dem Zeitpunkt doch schon 20.

Selbstbewusst zeigte ich mein Dokument.

Bier habe ich Trotzdem keines bekommen. In den USA wurde Alkohol erst ab 21 Jahren ausgeschenkt.

Toll, das wusste ich dann auch.

Schweiß gebadet mit zuckenden Händen glitt ihr in einer Ecke des Warteraums zusammen. Ich der Partymensch wurde gedemütigt. Kein Alkohol für Tom. Erst ab 21 Jahren. Ist das in Mexiko auch so. Muss ich ein Jahr ohne Party auskommen. Nur mit Cola und Orangensaft. Das Land in dem es nach Bier und Tequiller riecht. Sollte das alles ohne mich stattfinden?

Egal wen ich fragte, nur Schulterzucken niemand war in der Lage mir eine Antwort zu geben. Stunde um Stunde vergingen. ich wollte nach Haus. Doch keiner lies mich raus.

Von Houston flogen wir weiter nach Miami und gleich weiter nach Can Cun Mexiko.

18.

Es war schon Dunkel als wir den Flieger verlassen haben.
Passzeigen, auf Koffer Warten. Das konnte ich mittlerweile
aus dem FF.

Draußen war eine Bullen Hitze. In Spanien war es ja schon
warm. Diese Hitze war unmenschlich. Müde, Jetlag usw.
Zum glück stand draußen ein Kleines Mexikanisches
Männlein mit einen zerfetzten Pappschild auf der eher
unleserlich unser Name gekritzelt war.

Frohen Mutes stiegen wir in einen VW Bulli ein. Es war das
alte Model, welches seit den 70ger Jahren in Deutschland
nicht mehr hergestellt wurde. In Mexiko wurde es trotzdem
noch gebaut.
Der Motor startet, mit diesem vertrauten brummen und
klirren, irgendwie cool.

Der erste gang wurde ins Getriebe gewürgt.
Krach, quitsch, wir glitten in unsere ungewisse Zukunft.
Zu sehen gab es absolut nichts. absolute Dunkelheit. Nach
gut 1 Stunde wurde es am Horizont dann doch ein bisschen
heller.
„Ey Mensch, thats Can Cun„ meinte unser Fahrer.
Da war sie also unsere neue Welt. Der Eindruck war
überwältigend, so was hatte ich noch nie gesehen. Hotels
200, 500 Meter lang und auch dementsprechend Hoch.
Beleuchtete Straßen. Unheimlich modern. Ja, da wollte ich
dann doch hin, auch wenn ich mir wegen des Alkohols ins
geheim immer noch Sorgen machte.

Plötzlich bogen wir links ab und Fuhren in die Einfahrt direkt vor die Lobby eines Hotels.

„Thats dein Arbeit, gehen rein Rezeption!,, meinte noch mal unser Fahrer.

Gesagt, getan,

Koffer aus dem Auto gezehrt, und mit bester Laune wenn auch müde an die Rezeption.

„Hello,, meinte unser Oberhaupt zu der Person in der Rezeption.

„Wir sind die neuen Verkaufrepräsentanten und möchten bitte auf unsere Zimmer,,!

Der Rezeptionist rührte sich nicht. Nichts nicht mal ein Augenzwinkern.

Schweigen!

Dann im gebrochenem Deutsch

„wer sie sind,,???

Das ging dann eine weile hin und her. Bis der Rezeptionist dann doch mal zum Telefon griff und sich Informationen holte.

Einige Zeit später wurden wir wieder zu unserem Bus geführt. Mit der Aussage es wurde extra für uns ein ganzes Haus gemietet. In dem wir nächtigen durften.

In **„A ken Petsch**.!? „

Koffer also wieder in den Bus gezehrt, der Gang wurde mit roher Gewalt reingewürgt und es ging los. 45 min Autofahrt in absoluter Dunkelheit.

Es war tatsächlich nichts zu sehen. Keine Straßenlaternen geschweige denn irgendwelche Markierungen auf den Straßen. Mittlerweile war ich schon mehr als 38 Stunden auf den Beinen. Unbeschreibliche Müdigkeit. Ich wollte nur noch eins. Endlich ankommen, wo immer das auch sein möge, und endlich schlafen.

Das Fahrzeug wurde langsamer, wir bogen links ab. Der
Bus fuhr jetzt abseits der Strasse, auf so was wie einen
Feldweg.
Zu sehen war immer noch nichts.
Dann Plötzlich, ein Lichtschimmer. Wir waren da.
In „A ken Petsch,,
Sah auch zuerst ganz gut aus. Vor uns stand ein Haus. Drei
Stockwerke Hoch. Am Eingang Funkelte ein Kleines Licht.
Genau genommen war es eine 40 Watt Glühbirne die an
einem Draht hing.

„Das eure Haus, hier Schlussel, morgen ich abholen um 10
Uhr, buenas noches,, meinte unser Fahrer.
Dann wieder das berüchtigte reinwürgen des Ganges und
schon verschwand er in der Ferne.
Die Roten Rücklichter wurden immer kleiner, jetzt waren
sie weg.

Wir standen also vor dem Haus. Absolutes schwiegen.
Niemand traute sich etwas zu sagen. Da auch niemand mit
der jetzigen Situation zurecht kam.

Wo waren wir denn jetzt?
Was ist A ken Petsch?
Warum ist es hier so ruhig und warum ist es hier so dunkel?
All diese Gedanken schwirrten mir durch Kopf. Absolute
Übermüdung machten mir es allerdings unmöglich die
Gedanken weiter zu verfolgen.

Endlich ergriff mein Stiefvater die Initiative. Schob den
Schlüssel ins Schloss, drehte zwei dreimal den Schlüssel,
klack!
Die Tür öffnete sich. Gleich hinter der Tür führte eine
Treppe nach oben. Wir haben uns, da ja sonst noch keiner
da war einfach die oberste Wohnung genommen. Es gab
eine separate Eingangstür, gleich dahinter so eine art

Wohnzimmer allerdings ohne Möbel. Eine kleine Kochecke und ein Kühlschrank. Vom Wohnzimmer aus ging es zu den Schlafzimmern, in denen zum glück ein richtiges Bett mit Bettzeug stand. Jedes Schlafzimmer hatte außerdem ein eigenes kleines Bad mit einer richtigen Toilette.

Auf dem eigenen Schacht habe ich es dann auch richtig krachen lassen.

Ich muss dazu sagen, das ich ein Heimscheißer bin! Es fällt mir auf fremden Klos unheimlich schwer loszulassen. Dort ging es notgedrungen aber.

Ausziehen, hinlegen schlafen.....schlafen und noch mal schlafen. eher Tot als lebendig.

Der erste Morgen in Mexico!

19.

Ich fühlte mich als ob ich Wochenlang gesoffen hätte.
Es war gar nicht so einfach den Schlafsand aus den Augen
zu entfernen. Nicht leicht verkrustet. Neee, das war schon
Zementartig. Musste mir Quasi die Augen aufbrechen.

Die Wohnung war hell, roch noch leicht nach Bauschutt,
schließlich war das Haus nigelnagel neu.
Durch die Fenster war es nicht ohne weiters möglich nach
draußen zu schauen. Sie bestanden aus einer Art Milchglas.
Es waren auch nicht Fenster im herkömmlichen Sinne. Es
waren eher so Lamellen. An der Seite jedes Fenstern war
eine Kurbel angebracht. Hand an die Kurbel, mit leisem
Quietschen drehten sie sich und gaben die Sicht nach außen
frei.
Was sich mir jetzt bot, spottet jeder Beschreibung.
Das Haus war neu, ok.

Um das Haus drumherum breitete sich ein grauenvoller
aber irgendwie genialer Ausblick.
Wir waren mitten in den Slums untergekommen. Soweit das
Auge reicht nur Blechhütten. Keine Strasse. Kein Auto.

Esel wurden mit den verschiedensten Gütern beladen durch die engen Gassen getrieben. Menschen mit Krücken und Abgetrennten Gliedmassen humpelten hinterher. Einige Kinder schrieen und jagten sich.

Das war also „A ken Petsch„, ein Slum, genau in der Mitte unser Haus.
Total Absurd.
Mir fehlten die Worte.

Wir zogen uns also an. Bis zu dem Zeitpunkt gab es so gut wie keine Konservation. Zu allem Unheil überkam uns sagenhafter Hunger.

Pünktlich um 10 Uhr Rollte unser Bulli an um uns zur Arbeit zu bringen.
Alle sind dann in den Bus gestiegen. Ich konnte die Erleichterung in den Augen meiner Familie sehen. Alle wollten nur weg von dem Ort. Wir fuhren also wieder Richtung Can Cun.
Echt der Wahnsinn. Eben noch in den Slums, in totaler Armut. Jetzt im Luxus und Reichtum.
Krass!
Im Hotel angekommen, wurden wir von dem Manager des Timshareresorts aufs herzlichste begrüßt.
„Hi schön das Ihr da seit, habt Ihr Hunger„
Das war das Wort des Tages.
„Hunger„
Über 40 Stunden ohne Essen.
Was für eine Frage, nein wir haben keinen Hunger, wir wohnen ja jetzt in den Slums, da brauchen wir nichts zu essen.
Dachte ich mir.
Essen, Essen, mhhh, Bakon, Toast, Melone, Omelette, Frische Brötchen....
Jetzt konnte das Abenteuer Mexiko beginnen.

Nach dem Frühstück sind wir in die Büroräume des Ressorts geführt worden.
Zum erstem mal seit wir angekommen waren, durften wir das Meer sehen.
Die Aussicht die vor mir lag.....ist mit abstand die beste Erinnerung die ich habe!
So etwas habe ich nie mehr gesehen...oder besser gesagt gefühlt.

Vor mir lag das Meer nicht blau sondern türkies.
Am Horizont fuhren Kreuzfahrtschiffe. Um so weiter es Richtung Strand ging, umso heller wurde das Wasser. Der Strand sah aus wie aus Puderzucker.
So weis. Riesige Palmen säumten den Rand. Der Himmel war Blau. Ein glänzendes Blau. Keine Wolke Störte dieses Paradiesische aussehen.

Das einzige Wehmutstropfen war jedoch, das wir Abends immer zurück nach...„A Ken Petsch„ mussten.

Die ersten Paar Tage hatten wir noch Frei. Konnten also den Strand und die Umgebung kennen lernen.

Für unser Wohnhaus hat sich damals der Manager auch entschuldigt. Er wusste das anscheinend nicht.
Wer´s glaubt wird selig!
Ich wusste ja nicht so viel, aber eines war sicher wie das Amen in der Kirche. Glaube niemals einem Verkäufer.
Wir sollten nur unser Training bekommen und dann weiter nach Playa del Carmen. Dort war die Anlage in der wir Arbeiten sollten.

Mit der Zeit kannten wir uns auch in „A ken Petsch„ aus.
Das war zwar ein Slum, aber dort gab es so was wie einen
Supermarkt und einen Friseur.

Ja, der legendäre Friseur.
Stellt Euch das so vor.

Eine Hütte aus Pappe und Holzresten.
In der Mitte des Raumes ein Stuhl. Ein Alter zersplitterter
Spiegel. Ein Paar vergilbte Haarmodel Bilder aus den
70gern. Eine Schere und ein Mann der sich berufen fühlt
Haare zu schneiden.
Meine Mutter war und ist es zum glück immer noch sehr
eitel. Meine Schwester die Ihr sonst immer die Haare
geschnitten hatte war in Deutschland. Meine Mammi
schmerzfrei wie sie ist, also zu dem Friseur.........sie wollte
Eindruck schinden und gut aussehen!

Harre vielen zu Boden. Ein schnitt hier, einer da und ach ja
da könnte auch was weg, oh, das war wohl zu viel, einfach
rüber kämmen das geht schon....

Ich versuch die Frisur mal zu beschreiben.
Stylish ist anders.
Meine Mum hatte Tränen in den Augen, trotzdem Respekt,
vor diesem Mut!
Einer unserer Englischen Kollegen hatte später das was
noch zu retten war gerettet. Schade das ich das nicht
Fotografiert hatte!

Der Zeitpunkt unseres Umzuges rückte näher.
Unser Ressort war in der Nahe von Playa del Carmen. Die
Wohnung das so genannte Companyhousing (Das sind
Appartements die von den jeweiligen Firmen für den
Anfang gesellt werden) war in Puerto Aventuras.

Was für eine Erlösung, endlich aus „A ken petsch„ weg zurück in die Zivilisation. Dachten wir zumindest. Das gleiche spiel wie einige zeit zuvor. Koffer in unseren tollen Bully schleppen und auf geht's nach Puerto Aventuras.

Zum glück war es dieses mal hell. Das mit dem Housing organisieren war keine stärke der Firma, für die wir tätig waren. Diesmal bekamen wir ein Apartment, für 2 Personen. Wir waren aber 4. Mutter, Stiefvater, Freundin und Ich. Die erste Nacht in dem neuen zuhause brach an. Meine Eltern schliefen im Schlafzimmer Michaela und ich im Wohnzimmer auf dem Boden.

Kurz nach Mitternacht, die Tür des Apartments öffnete sich.
Jemand schaltete ohne zu fragen das licht an.
„what the fuck is going on here?„ schrie jemand in den Raum.
Es war der Besitzer des Apartment, der seinen Urlaub dort verbringen wollte. Aber keiner hatte Ihm vorher mitgeteilt das sein Urlaubdomizil vermietet war.
So was aber auch!

Das Arbeiten in dem Ressort machte am Anfang echt Spaß. Wir bekamen dort immer Lecker Frühstück und Mittagessen zusammen mit den Touristen in der Anlage.

Comedy pur waren die Verkaufsmeetings vor Arbeitsbeginn.
Unser Verkaufsmanager, ein Amerikaner, hatte einen leichten Sprachfehler und litt unter unglaublichen Gesichts Zuckungen. Ob einer nun wollte oder nicht. Niemand konnte wegschauen oder hören. Die größte Herausforderung war nicht zu lachen und dabei noch interessiert zu schauen.

Das Geld das wir verdienten war soweit ganz in Ordnung. Nach dem Vorfall mit dem Apartment, haben wir uns dann auf die suche nach einem neuen Zuhause gemacht.
Nicht irgend was, es sollte schon was besonderes sein.
Ein Traum In Weiß.
Oder so ähnlich. Ab jetzt hatten wir ein Reihenhaus. Mit eigenem Pool, eigenem Strand, direkten Zugang zum Meer. Klimaanlage in jedem Zimmer. Luxus pur.
Das einzige kleine Problem das es gab war, das TV. Es gab zwar welches, aber es gab keinen Ton und niemand der das über Monate hätte reparieren können.
Es waren sehr ruhige TV Abende!
Das Dorf Puerto Aventuras lebte nur vom Tourismus. Hauptsächlich Amerikaner. Die Meisten hatten dort ein eigenes Apartment oder Bungalow. Es gab dort auch einen kleinen Hafen, wo nur Segeljachten lagen. Des weiteren gab es einen Supermarkt, eine Strandbar, zwei oder drei Pups und eine Disco. Mit meiner damaligen Freundin lief es zu der Zeit wieder einmal alles andere als gut. Wir sprachen nicht gerade viel, nur das nötigste. Abends saßen wir zwar alle immer zusammen in der gleichen Bar, aber das war´s auch schon. Zum glück hatte sich in Teneriffa ein Mann mit dem Namen Shorty uns angeschlossen. Wir waren so was wie seine Ersatzfamilie. Ein richtiger Haudegen und Proll. Stirnglatze, lange haare hinten. Sash Hemden, Goldketchen, eine Riesen Brille auf den Nase. Mit ihm habe ich auch noch so neben bei legändäre Abende verlebt.
Wie gesagt wir saßen abends meistens in der selben Bar. Dort hatte immer eine Countryband gespielt. Gegen 23 Uhr sind alle dann nach Hause gegangen.
Alle?.... nein nicht alle. Shorty und ich haben uns meistens nach 24 Uhr wieder heimlich auf die Socken gemacht. Die Strandbar war Ziel unserer Begierde. Diese Bar war der Wahnsinn. Bis ein Uhr nachts war dort normaler

Barbetrieb. Danach wechselte auf einmal die
Musik...altbekannte klänge drangen an mein Ohr.
Bumm,Bumm, Kraz,Kraz.
Dort gab es auch keine Barhocker. An der Bar hingen
Schaukeln.
Bin des Öfteren rückwärts von denen runtergefallen. Das
beste aber waren die Snacks die dort illegaler weise
rumstanden. Anstatt Erdnüsse gab es in den Snackschalen
so komisches weißes Pulver. Shorty hat mich eines abends
aufgeklärt was es damit aus sich hatte. Koks!, damals war es
dort gang und gebe.
Keiner hatte sich daran gestört.
Das einzige Problem war, die Nächte waren zu kurz.
Morgens musste ich ja immer wieder Arbeiten.

Das Abenteuer Mexiko war schon ganz nett, aber ganz
ehrlich, unwichtig wie ein 2tes Arschloch.

Die Zweifel in meinem innersten wurden immer größer.
Zu der Zeit war ich aber noch nicht soweit zu sagen was ich
wirklich dachte.
Ich bin ja immer mit der Herde mitgezogen.
Einer sagt was und alle stimmen zu.
Zu, dumm, zu Jung so würde mich zu der Zeit beschreiben.
Natürlich sind mir Gedanken durch den Kopf gegangen.
Die Flucht nach vorne war trotzdem einfacher als sich
wirklich zu fragen was das richtige sei.
Mexiko zum Urlaub machen.
Geil!
Daumen hoch!
Tolles Land, tolle Menschen, hammer Essen.
Leben dort, ne, nein, nimmer, ohne Sprit und Drogen nicht
zum aushalten. Zumindest als Europäer.
Natürlich kommt es darauf an, was der eine oder andere
vom Leben erwartet.
Für einen Aussteiger, der einfach nur seine Ruhe will.

Coole Sache.

Für mich hatte das ganze immer den Nachgeschmack, es schmeckte nach:

....was kommt dann?

Auf Ternerifa hatte ich auch schon manchmal diese Ängste gehabt. Zukunftsängste.

Ohne Perspektive kann das nicht gut gehen.

Kurz gesagt zu dieser Zeit war ich noch nicht bereit komplett auf eigenen Füßen zu stehen.

Er war schon ein gutes Gefühl meine Eltern und meine Freundin dabei zuhaben.

Besser gesagt es war es war bequemer.

Erwachsen werden ist nicht so einfach.

Mein weg war vielleicht nicht der beste, es gibt aber auch schlechtere.

Schauen wir mal kurz auf heute bin jetzt 40.

Vor ein Paar tagen war ich mal wider mit einem Freund aus. Er ist jetzt in meinem Alter. Er hat eine Frau, Kinder und ein ganz respektables leben. Trotzdem ist er unzufrieden. Er meinte zu mir, das leben ist zu eintönig und er müsste mal was erleben.
Jetzt trifft er sich mit jungen Mädels ist jeden Abend am Saufen. Mit dem Ziel,
alles was er aufgebaut hat zu zerstören.

Ich persönlich habe eine **Theorie**.
Viele Menschen (MÄNNER) gehen den gleichen weg.
Sicherheit ist die Devise.
Erst Schule, dann Lehre oder Studium.
Arbeiten bis der Arzt kommt.
Karriere, eine Frau, Kinder, schaffe schaffe Häusle bauen.
Das ende vom Lied ist **Mitlife Kriese!**

Deshalb gehen so viele Ehen in die Brüche. Irgendwann ist der Punkt erreicht an dem es nicht mehr weiter geht. Deshalb Feiern diese Männer und stecken ihren Schwanz in irgend welche Ischen um sich wieder Jung zu fühlen..

Ganz Ehrlich.
Wenn ich so darüber nachdenke habe ich doch den richtigen weg gewählt. Erst Leben und die Welt sehen. Für das erwachsen werden habe ich zwar länger gebraucht. Im Endeffekt geht es mir jetzt aber richtig gut ich habe eine...ach was sage ich, ich hab die beste Frau der Welt. Habe Tolle Hobbys, die beste Familie auf der Welt. Um das zu erkennen, musste ich allerdings auch schon mal durch die Hölle gehen.

Dominikanische Republik

20.

Mexiko war wie gesagt nicht das ende unserer Odisee.
Mit den Gedanken das, das nicht das ende sein konnte
stand ich glücklicherweise nicht alleine da.
Wir überlegten was wir noch machen konnten.
Der Mann meiner Muter ist zwischen durch auch mal kurz
nach Florida geflogen um zu schauen was es dort für
Möglichkeiten gab. Wie es letztendlich genau passiert ist
weiß ich nicht mehr.
Auf jeden Fall hieß es irgendwann wieder Koffer packen.
„Wir gehen auf die Dominikanische Republik„ verkündete
mein Stiefvater stolz.
Alle zusammen also an den Flughafen und los ging's.
Mit dem Flieger.
Ziel Puerto Plater.
Das gleiche Prozedere wie immer. Brauch das wohl nicht
wieder zu erklären!

Dieses mal stand ein Amerikaner am Flughafen der uns
begrüßte.

Der weg Führte uns direkt in eine Hotelanlage (halb Timeshare halb Pauschaltuorismus) Wir durften diesesmal tatsächlich im Hotel schlafen. Auch für unser leibliches Wohl wurde direkt gesorgt.
Da, das Hotel ein all inklusive Hotel war haben wir gleich am Anfang so ein Band ums Handgelenk bekommen. Essen, Trinken, Zigaretten alles wurde von der Firma bezahlt.
Es gab nur ein kleines Problem.

Die Anlage war vorher ein ganz normales Hotel gewesen. Nach und nach wurde es zur Timeshare Anlage umgerüstet. Es gab also die normalen 08/15 Zimmer und eben bis zu diesem Zeitpunkt nur ein Showapartement mit allem erdenklichen Luxus.
Genau in diesem Appartement wurden wir untergebracht!!!!
Nachts durften wir uns dort aufhalten. Tagsüber mussten wir unsere Sachen im Schrank verstecken. Auch wenn wir mal Frei hatten durften wir Tagsüber nicht ins Zimmer. Es wurde ja pausenlos den neuen Kunden gezeigt!
Was für ein Leben.
Nach einigen Wochen hieß es dann wieder umziehen. Wir sollten ein Hotel im Süden der Insel betreuen. Wieder einmal Sachen packen und mit einem Bus einmal quer durch die Insel nach Bocka Chicka.
Dieses mal haben wir endlich wieder ein normales Apartment außerhalb der Anlage bekommen.

Der Süden war am Anfang auch ganz lustig. Geld hatten wir ja noch ein bisschen aus Mexiko. Shorty und ich sind dann natürlich jeden Abend wieder auf Party gegangen.
Die Discos sahen auch ganz normal aus. Eines wunderte mich nur, denn die Frauen die dort waren haben mich immer so lüsternd angeschaut. Es dauerte einige Tage bis ich verstand warum das so war.
Wir waren in Nutten City!

Shorty hat wohl auch die eine oder andere mitgenommen.
„man sind die billig„ sagte er immer.
Mich hat so was nie interessiert.
Ich war ja noch mit meiner Freundin zusammen.
Dort haben wir alle gleich auch wieder uns voll in
Arbeitsleben gestürzt. Schön verkauft. Theoretisch hatten
wir dort auch ganz gute umsetze gemacht.
Aber eben nur Theoretisch.

Nach einem Monat sollte nun der erste Scheck kommen.
Sollte er?
Ja, er sollte!
Die Tolle Firma hat uns aber keinen Gegeben.
Mega!!!!!!!!
Der Resortleiter war der Meinung, fressen saufen und
schlafen sind genug Bezahlung.
Was nun,
wir hatten ja alle fest mit dem Geld gerechnet.
Aber, ohne Moos nichts los.
Da standen wir also vor dem nichts.
Die Entscheidung wieder zurück zu gehen, war dann leicht.
Teneriffa?
Klar, warum nicht.
Alles war besser als hier zu bleiben.
Wir mussten nur noch schauen wie wir das am besten
machen.
Alles Geld was noch vorhanden war wurde auf einen
Haufen geworfen.
Rund 2000 Dollar.
Zu der Zeit war es nicht möglich legal Flüge zu kaufen.
Das ging nur unter der Hand.
2000 Dollar sind viel Geld aber nicht wenn die Flüge auf
einmal 900 Doller Pro Person kosten.
Wir hatten also Geld für 2 Flüge.
Wir waren aber vier!
Es gab noch ein Problem!

So ohne weiteres konnten wir nicht nach Teneriffa.
Johan Baum hatte das Timeshare Geschäft fast ganz unter
Kontrolle genommen.
Wir sind ja damals einfach abgehauen.
Das hatte dem Mann natürlich gar nicht gefallen. Er
veranlasste alles damit wir keinen Fuß mehr auf die Insel
setzten konnten. Zum glück hatte mein Stiefvater noch gute
Kontakte zum „World„ Management.
Also sind kurzerhand meine Mom und Ihr Mann nach
Malaga in Spanien geflogen. Die beiden haben dort sofort
wieder mit dem Arbeiten angefangen um Geld zu verdienen
um uns nachzuholen.

Michaela und ich standen also von einem Tag zum anderen
alleine da.
Wir zwei beide haben und erst einmal eine Bleibe gesucht.
Eine ganz kleine Pension. Wie sich herhaustellen sollte, war
das ein Puff!
Es hatte aber nur ein paar Doller die Nacht gekostet.
Gibt schlimmeres.
Die Hitze auf der Insel war das schlimmste.
Im Zimmer gab es keine Klimaanlage.

Not macht erfinderisch.
In dem kleinem Raum gab es einen Kühlschank und so
einen kleinen Ventilator den man auf den Tisch stellen
konnte. Ich habe also den Kühlschank ganz hochgedreht.
Den Ventilator stellte ich in den Kühlschrank auch auf voll
Power. Fertig war die selbstgebaute Klimaanlage.
Gebracht hat die nichts, aber der Wille zählt.

Geld zu überweisen ist heutzutage kein Problem mehr.
Damals auf der Dominikaischen Republik schon.
Es war nur möglich Bargeld mit Western Union zu
überweisen.
Auch durften keine großen Beträge überwiesen werden.
So nach und nach trudelte unser Geld, oder besser gesagt
unser Ticket nach Hause ein.
2 oder 3 Wochen hat es wohl gedauert bis das Geld
komplett war.

Nachdem wir uns dann endlich den Flug kaufen konnten,
ging es runter von dem Felsen zurück Richtung Zivisation.

Malaga

21.

Endlich wieder Europa.
Nach endlosen Stunden im Flieger konnten wir uns, also
meine Mom und meinen Stiefvater wieder in die Arme
nehmen.
Das war das erste mal das ich alles was ich vorher besaß,
verloren habe.
Also Materiell gesehen.
Wir durften ja nicht so viel Gepäck mitschleppen. Es sollte
ja alles so günstig wie nur irgend möglich sein.
Alles was ich noch hatte war ein Hemd, eine Hose, Socken,
und ein Paar Schuhe.
Aber es reichte um wieder durchzustarten.
Verkaufen war ja kein Problem.
Jetzt saßen wir aber fest.
Eigentlich wollten wir ja alle wieder nach Teneriffa.
Einfacher gesagt als getan.

Malaga war ja ganz nett.
Mehr nicht.
Beziehungen wurden ausgelotet.
Zahnräder in Bewegung gesetzt.
Geld wechselte den Besitzer.
Johan Baum musste ja beruhigt werden.

Gut 2 Monate haben wir in Malaga vor uns hin vegetiert.
Arbeit, Fressen, Saufen und am nächsten tag das gleiche nur
andersrum.

Teneriffa „die Zweite„

22.

Teneriffa wir kommen wieder.
Egal welchen hass ich auf die Insel hatte.
Inselkoller usw.
Nachdem ich den Boden wieder unter meinem Füßen hatte
fühlte ich mich zuhause.

Besitztümer waren nicht mehr vorhanden, das spielte aber
keine Rolle!
Der Ritt durch Mexiko, Domrep und Malaga hatte gut ein
Jahr gedauert.

Es war nicht so einfach an das alte Leben anzuknüpfen.
Das Timeshare Geschäft war sehr schnelllebig.
Die meisten Leute mit denen ich früher
zusammengearbeitet hatte,
oder auch befreundet war, waren einfach weg.

Es hatte sich leider alles geändert, seit wir vortgegangen sind. Es sollte fast nicht mehr möglich sein an alte Gewohnheiten anzuschließen.
Natürlich habe ich wieder etwas Geld verdient.
Die Unbeschwertheit der alten Tage war weg.
Auch Michaela wurde immer unzufriedener.
(eigentlich war sie seit ich sie kannte unzufrieden!)

Wir haben alles versucht es wieder so hinzubekommen wie vorher.
Sogar meine Schwester und mein Bruder kamen wieder zurück auf den Felsen.

Mein Bruder startete wieder als OPC durch. Meine Schwester hatte aber kein Interesse mehr an Timeshare.
Sie entschied sich für ihr Handwerk.
Haare schneiden war ihr ding.
Mein Schwager schaffte auf dem Bau.

Den verkauf hängte ich auch sehr schnell an den Nagel.
Ich wollte endlich mal festes Geld haben.
Kurzeitig arbeitete ich im Marketing von „World Holiday„.
Das war stressfrei und es gab Festes Geld.

Eines Abends saßen wir in unserer Stammkneipe.
Ich sang einige Karaoke Songs. Trank wie zu der Zeit üblich Gin Tonic.
Michaela hatte wieder einmal diesen angesäuerten Gesichtsausdruck.
„was los„? fragte ich!
„ich will nicht mehr, mich kotzt das hier alles so an.
Das Leben rauscht nur so an mir vorbei„ sprudelte es aus Ihr heraus.
Dann ging es richtig zu Sache.
Alle Pros und Kontras wurden zusammen getragen.

Am ende entschieden wir uns wieder nach Deutschland zu gehen!

Was wir bis zu diesem Zeitpunkt nicht wussten ist, das meine ganze Familie mit dem gleichen Gedanken spielte.

Die Erste die weg ging war meine Schwester mit Ihren Kindern und dem Arsch von Schwager.

Dazu fällt mir noch eine unglaubliche Story ein.

Meine Schwester und mein Bruder wohnten beide in Palm Mar. Haus an Haus.

Mein damaliger Schwager war ja so richtig gut zu Tieren. Insbesondere zu Vögeln.

Mist, der Gag ging wohl in die Hose!!!!!!!!!

Schwagerherz Vögelte sich also Fröhlich frei durch die Gegend. Ohne das meine Schwester es bemerkte. Ein Mann ohne jeden Skrupel. Er Vögelte auch die Freundin von meinem Bruder. Durch diesen Vorfall redeten die Beiden Jahrelang nicht mit einander.

Mittlerweile sind beide wieder ein Herz und eine Seele.

Ich für meinen Teil, wünsche meinem Exschwager das ihm sein Schwanz abfällt.

Nach dem meine Schwester also zurück gegangen war, machte sich auch mein Bruder bereit zurück zugehen. Er hatte damals eine tolle Frau kennen gelernt. Mit der wollte er sich auch ein neues Leben aufbauen.

Die beiden sind leider nicht mehr zusammen.

(Auch mein Bruder wurde Opfer der Midlife Crises)

Michaela und ich reisten also zurück nach Deutschland.

Das heißt, zu erst ist Michaela gegangen.

Sie ist nach Kempten im Allgäu und wollte schon mal alles vorbereiten.

In Kempten konnte Sie bei der Zeitung anfangen.

Meine Aufgabe war, hier alles aufzulösen.

Wir hatten uns natürlich in der Zeit auf Teneriffa wieder
einige Sachen gekauft. Fernseher, Auto was man halt so
braucht.
Das alles hatte ich in kürzester Zeit unter die Leute
gebracht.
Jeden Abend Telefonierten wir.
Noch war ich zu naiv um zwischen den Zeilen lesen zu
können.
Sie meinte immer am Telefon:
„Wenn du nicht kommen willst, dann ist das in Ordnung„
in Deutschland sei es doch nicht so toll!

Das war es wirklich nicht...zumindest für mich.................

Kurz mal nach Deutschland

23.

Es war soweit, Koffer wieder mal gepackt.
Ticket in der Tasche.
Deutschland ich komme!!
In München wurde ich von Michaela abgeholt. Wir fuhren
nach Kempten.
Kempten kannte ich noch von der Berufsschule.
Wir hatten dort eine sehr alte runtergekommene, aber
bezahlbare Wohnung gefunden.

Michaela arbeitete also bei der Zeitung.
Meine Perspektiven sahen anders aus.
Ich konnte ja nichts.
Keine abgeschlossene Ausbildung. Keine Idee wie es
weitergehen soll.
Eines Abends trafen wir uns mit meinen Jugendfreunden
aus Lindau.

Erinnerungen wurden aufgefrischt. Geraucht getrunken und viel Gelacht.

Kurz bevor wir und wieder verabschiedenten, nahm mich Seppl bei Seite. Er meinte nur kurz:
„Tom Pass auf, irgendwas stimmt mit **der Alten** nicht,,
Ich verstand nicht was er meinte......

Da mir ja im Augenblick die Perspektiven fehlten.
Hatte ich angefangen die Wohnung zu renovieren. Michaela war fast nie da.
„So viel arbeit,, meinte sie immer.,,

Nach gut 4 Wochen war die Wohnung fertig.
Ich war schon stolz auf mein Werk.
Immerhin war es das erste mal das ich so was gemacht hatte.

Eines Tages saß ich bei einem Glas Wein in der frisch gestrichenen Küche.
und ahnte nichts böses.
Michaela setzte sich zu mir und meinte wir müssen reden.
Sie war der Meinung das, dass mit uns keine Zukunft hätte.
Sie würde sich jetzt gerne auf Ihre Arbeit konzentrieren.
So neben bei hatte sie dann noch erwähnt das sie einen neuen hat!

Oh!

Schlagartig wurde mir der Boden unter den Füßen weggerissen.

„Was!?,, , das sollte es gewesen sein.

Einfach so abserviert. In der Vergangenheit hatten wir uns schon zwei mal getrennt. Aus irgendwelchen Gründen sind wir aber immer wieder zusammen gekommen.
Jetzt sollte es endgültig aus sein.
Es war, das erste mal seit Jahren das ich ganz alleine war.
Also ohne feste Freundin.
Genau genommen fand ich das gar nicht so schlecht.
Nur der Zeitpunkt war ein bisschen unglücklich gewählt.

Was sollte ich jetzt tun.
Vielleicht war ich auch noch nicht bereit wieder in Deutschland Fußzufassen! Deutschland hat es mir aber auch nicht leicht gemacht.
Natürlich war ich gleich nach meiner Ankunft zu sämtlichen Ämtern gegangen.

Hilfe?
gleich null!!!!!!!!
Nicht nur null, ich wurde behandelt wie ein aussätziger.
Keiner fühlte sich für mich verantwortlich.

Schönen dank auch Deutschland!
Was ich wirklich dachte schreibe ich lieber nicht auf.

Michaela hatte mich also abserviert.
Mein Herz war gebrochen.
Nicht aus Liebeskummer sondern aus Stolz.
Wurde einfach so wie ein gebrauchtes Taschentuch weggeworfen.
Mein Selbstbewusstsein wurde in die Tonne getreten.
Zerbröselt, Zerstückelt, durch den Mixer gejagt, gefressen und wieder ausgeschissen!
Das Stand ich nun mit meinem Talent.

Am selben Abend hatte ich dann noch mit meiner Oma telefoniert.

Sie meinte nur! „schwing deinen Arsch hier her„ !
Gesagt getan.
Am nächsten morgen packte ich meine Sachen, bin dann
runter zum Bahnhof gelaufen. Ab in den Zug.
13 Stunden Fahrt in den hohen Norden.

Die Zeit im Zug rauschte in der selben Geschwindigkeit an
mir vorbei wie die Landschaft draußen. Ein Gedanke jagte
den nächsten. Was sollte ich nun tun.
Wieder mal das alte Lied. Kein Geld, kein Zuhause, keine
plausible Perspektive.
Wieder einmal stand ich vor dem absoluten Nichts!
Ich Idiot hatte ja alles verkauft!
Mein Ganzes Leben passte in eine Reisetasche.
2 Hosen, ein Paar Schuhe, 3 Boxershorts, Socken und 3 T-
Shirts.
50 Mark inner Tasche.
Das war´s!
Eigentlich konnte ich mir nur noch die Kugel geben.
Das währe die dümmste Lösung gewesen!
Wer es nicht schafft sich dem Leben zu Stellen, ist ein
Verlierer und Weichei.
(Zitat: Tom Schmelzkamp)

Abends gab es lecker Essen bei Oma.
Oma war die Beste. Sie konnte regelrecht aus mist etwas
essbares zaubern.
Eine ganz tolle Frau. Leider weilt Sie mittlerweile nicht
mehr unter uns.

Wir habe bis in die Späte Nacht geredet. Pro und Kontra
Listen geschrieben.
Alles bewegte sich auf ein Ziel hin.
Der Weg führte mich zurück auf die Kanarischen Inseln.
Oma brachte mich dann noch nach Hamburg zum
Flughafen!

Gran Canaria

24.

Gran Canaria, hier sollte mein in neu Bahnen gelenkt werden.
Am Anfang auf der Insel lief es ähnlich wie auf Teneriffa.
Ich wohnte wieder bei meinen Eltern im Haus.
Timshare begleitete wieder mein Leben.
Mit dem großen unterschied ich hatte **keine** Lust mehr auf Partys!
Dort hatte ich mich regelrecht eingeigelt!

Wollte niemanden sehen. Die Außenwelt war mir egal, so wie mein gesamtes Leben. Zu der Zeit habe ich mich einfach Treiben lassen. Zu viele Gedanken brachten mir Kopfschmerzen. Ich zweifelte an mir. Was war geschehen. Wie konnte das alles passieren.
Ich fühlte mich alleine, und wollte es auch sein. (Ein Schöner Reim)

Tage, Wochen Monate habe ich in meinem Zimmer
verbracht. Hobbys oder irgendwelche Interessen hatte ich
keine. Frauen waren mir egal. Noch nicht einmal Wichsen
interessierte mich!
Alles Fotzen, außer Mammi!

Das leben kann ganz schön ermüdend sein,
wenn die Zukunft aussichtslos erscheint.
Die einzige Ablenkung die ich zuließ waren stundenlanges
Backgammon spielen, mit meinem Stiefvater.

Monate zogen ins Land.
Auf eigenen Füßen stehen, mein Leben selber in die Hand
nehmen.
Diese Idee reifte in der Zeit der Einsamkeit in mir heran.
Nur wie?

Mein erster schritt in die Selbständigkeit war, bei meinen
Eltern ausziehen. Meine Eigenen vier Wände.
In Arguineguin wurde mein kleiner Traum endlich war. In
einer extrem häßligen
Wohnanlage am Rande des Dorfes Arguineguin konnte ich
eine vier Zimmer Wohnung beziehen.
Zwei Zimmer waren bewohnt, der Rest stand lehr.

Du dieser Zeit lief mir Marcus über den Weg.
Ein sehr kleiner Bärtiger Mann mit Bauch, Struppigen
Haaren einer Zahnlücke vorne zwischen den
Schneidezähnen. Leicht gammeliger Kleidungsstiel. Dicht
zusammmen stehende braune Augen mit einem Dobermann.
Auch er war alleine.
Wir verstanden uns vom ersten Augenblick an.
Wir arbeiteten beide in einer Riesen Großen Timeshare
Anlage in der nähe von Patalavaca.
Mehr schlecht als Recht.

Nachdem wir einige male zusammen um die Häuser gezogen waren.
Kam uns im Suff die Idee eine richtige Männer WG zu eröffnen.
Meine Wohnung war ja groß genug.
Schlagartig wohnte ich also mit Marcus und Ralf (seinem Hund) zusammen.

Langsam fand ich wieder zu meiner alten Lebeseinstellung zurück.
Arbeiten, Party und Kiffen.
Das haben wir auch genau so durchgezogen.
Das Partyleben auf Gran Canaria unterschied sich zu 100 % von dem in Teneriffa.
Damals in Teneriffa waren alle einfach nur Schick und sehr oberflächlich. Wer viel Geld hatte schmiss damit nur so umsich. Freundschaft gab es nicht.

Hier hatte ich das Gefühl endlich verstanden zu werden.
(ein Trugschluss) Niemand grenzte einen aus.(von wegen)
Alle saßen im selben Boot. Das gefiel mir.(so dachte ich zumindest)

Wir waren Fast jeden Abend unterwegs.
Keine Feier ohne Meier.
Entweder waren wir in Puerto Rico oder in Playa del Ingles.
Eine Sache hatte sich in meinem Party leben grundsätzlich geändert.
Früher wurde gekifft oder ab und zu eine Pille geschmissen.
Jetzt schlich sich was neues in mein Leben.
„Koks„
In Mexiko hatte ich das schon einige male Probiert.
Dort flashte es mich überhaupt nicht.
Ich will nicht lügen, türlich war es geil.
Alle Drogen die ich nahm, waren Geil.
Nur sah ich keinen Sinn darin es andauert zu nehmen.

Hier, gehörte es zum guten ton dazu.
Sogar in unser Stammkneipe in Playa del Ingles brachte der
Kellner zum Bier auch immer was fürs Näschen mit.

In unserer WG wurde am Anfang alles geteilt.
Wir führten sogar eine Hauskasse.

Das Geld wurde zusammengezählt!
Dann immer der gleiche Ablauf!
Ich Fragte, Marcus antwortete!

Miete? „bezahlt„
Auto? „ bezahlt„
Essen „ Reicht„
Strom und TV „Bezahlt„
Geld für Drogen „vorhanden„
Dann kann uns ja nichts passieren, Prost!

Arbeit war OK, Party war Cool, Frauen, ja mit Frauen
hatten wir so unsere Probleme.
Keiner brachte so richtig was zu Stande.
One Night Stand´s ok, bei den weiblichen Touristen auch
keine Kunst eine abzuschleppen!

Fehltritte was Frauen betrifft hatte „ich„ allerdings schon.
Den Fehler meines Lebens......nee da komme ich später
drauf zu sprechen!

Einen Grandiosen Fehltritt muss ich aber vorher noch los
werden.
Ich hatte mal kurzfristig eine Affäre mit einem Englischen
Mädel.

Sie war nett, keine Frage. Blasen konnte sie auch wie ein Weltmeister.

Doch ihr Gesicht bereitet mir bis zum heutigen Tage das kalte Grauen.

Sie war Hässlich, nicht so ein bisschen hässlich, nein das grenzte schon an Körperverletzung.

Es gab allerdings einen Grund warum ich mir das antat.

Ihr Vater war ein hohes Tier im der Firma für die wir gearbeitet haben.

Hätte ja auch vorteile bringen können!

Tat es leider nicht.

Das schwierigste war das Mädel wieder los zu werden ohne das der Vater mir daraus einen Strick drehte.

Mit viel einfühlungs- vermögen und Gesprächen habe ich sie dann soweit manipuliert das sie den Schluss-Strich gezogen hat.

Ich konnte schon ein Schwein sein.

25

Egal was ich tat,
oder womit ich mich versuchte abzulenken.
Nichts half wirklich.
Die Angst um die Zukunft holte mich immer wieder ein.

Das kann doch noch nicht alles gewesen sein. Es musste
doch noch mehr geben.
Der weg zur Selbständigkeit ist kein leichter. Besonders
wenn die eigenen Eltern immer in der nähe sind.
Vom Timeshare hatte ich schon lange die Schnauze voll.
Kotz würg!
Jeder Tag in dem Geschäft,
war eine neue Herausforderung.
Nicht das Verkaufen, sondern die Überwindung wieder und
wieder das gleiche zu tun.

Meinen Eltern ging es wohl genau so. Auch wenn die
beiden das zu diesem Zeitpunkt nicht zugeben wollten.
Alles super, alles toll.
Eines Tages eröffnete mir mein Stiefvater,
das er und meine Mutter sich selbständig machen wollten.
Sie Gründeten Ihr eigenes Immobilien Büro. Netterweise
fragte er mich ob ich mit an Bord kommen wolle.
Alles war besser als Timeshare.
Also sagte ich,
„ja„
Es wurde kurzerhand ein Büro gemietet und eingerichtet.
Schon ging es los.
Die ersten Monate hat mir das auch so richtig Spaß
gemacht. Häuser zeigen und Verkaufen, coole Sache.
Glücklich war ich Trotzdem nicht, mich umfing immer
noch eine totale lehre.
Die lehre füllte bald eine Frau.

Karriere, ein Fehltritt und auf einmal Vater

26.

Ich lernte Birgit in einer Disco kennen. Sie war jemand der überhaupt nicht auf die Insel passte. (weder auf die Insel noch zu mir)

Geboren wurde sie in der Schweiz. Sie war klein sehr rundlich hatte halblange Braune Haare, eine richtige Heidi halt.
Bis heute kann ich mir nicht erklären was mich an der Frau so fasziniert hat.
Ich war leider blind zu dieser Zeit.
Sie hatte ein sehr einnehmendes Wesen.

Markus war kurz vorher aus unserer WG ausgesiedelt. Er hatte auch ein Mädel kennen gelernt. Mit der er Später 2 Kinder hatte, auch die sind jetzt nicht mehr zusammen. den Kontakt zu Markus habe ich leider total verloren.

Nun gut.
Birgit war bei mir eingezogen. Wahrscheinlich hat mir die Vorstellung gefallen das immer jemand zuhause war.

Alle meine bekannten hatten mich vor dieser Frau gewarnt! Ich wollte aber nicht hören. Zu jung zu doof, wie halt immer bei mir.

Mit meinem Eltern stand sie auch auf Kriegsfuß. Ohne es zu merken trieb sie einen Keil zwischen uns.

Zu der Zeit habe ich eine neue Leidenschaft entdeckt und eine Wahnsinnige Idee verfolgt. Die Zukunftsängste verfolgten mich ja schließlich immer noch.
Mein Plan war folgender:

„Ich werde Radio Moderator„

das war meine Idee. Sabbeln war mein Leben. Mist erzählen konnte ich auch.

Es gab eine reihe von Deutschsprachigen Radiosendern auf Gran Canaria. Mit meiner großen Fresse bin ich einfach zu jedem gefahren um mich vorzustellen.

Ein Sender hat mir nach etlichen anfragen eine Chance gegeben. Bei Radio Maspalomas International, sollte ich an einem Samstag eine Doppelmoderation führen um zu schauen wie ich mich anstelle.

Anscheinend hat dem damaligen Chef des Senders das gefallen. Von dem Augenblick an moderierte ich jeden Nachmittag eine Sendung. Tom´s Schwarze Stunde. Geld hatte ich keines bekommen. Das spielte keine Rolle.

Geld verdiente ich ja noch immer mit Immobilien.

Hans (Ihm gehörte der Sender) Moderierte die Morningsendung.

Zwischen 14 und 15 Uhr war ich an der Reihe. Die erste Sendung die ich alleine Moderiert habe war die Schlimmste. Hans setzte mich einfach ans Mischpult.

„Hier ist der Regler fürs Mikrofon, hier machst du die Musik laut, hier startest du die Werbung, viel Spaß, bis später!„
Er lies mich einfach alleine in dem großen Studio.
Angstschweiß, Kackdruck, Übelkeit, so nasse Hände, das die Finger den Lautstärkenregler des Mirofons nicht greifen konnten.

Die Station ID mit meinem Intro startete.
„Hier ist Radio Maspalomas International auf 32,1 Megahertz, Tom´s Schwarze Stunde„
„Hallo.....hier.........s tom.......tach„
Meine legendären ersten Worte im Radio! Ha!

Die Monate liefen ins land bis Hans mir ein Angebot machte.
Er meinte, ich könne Vollzeit bei Ihm Arbeiten, müsse allerdings jeden Tag losziehen und Werbung verkaufen.
Nach Kurzerüberlegunszeit! ca.0.0000001 Sekunden erklärte ich mich damit einverstanden.
Den Job als Imobielenhändler schmiss ich hin.
Mein erster schritt in die Unabhängigkeit!
Ohne meine Eltern!
Jipi!

„Ich möchte da auch noch was klar stellen. Ich habe meine Eltern immer gerne gehabt. Nur zu der Zeit ist mir der Kontakt einfach zu viel geworden. Auch mache ich meinem Stiefvater keine Vorhaltungen. Was mich nur gekränkt hat ist das herablassende Getue. Egal was ich tat oder noch heute tue. Nichts ist gut. Alles was ich mit Leidenschaft tat, egal ob Radio, Musik oder sonstiges. Es wurde niemals gewürdigt. Heutzutage ist es mir Egal„

Zurück zur Geschichte:
Es gab allerdings einen riesen Haken an der Sache.
Selbständig war ich jetzt.
Nur lies ich mich auch auf Birgit ein.
Mittlerweile war sie auch nicht mehr alleine,
sie holte Ihre kleine Tochter aus der Schweiz nach.
Jetzt waren wir zu dritt.

27.

Es sollte nicht lange dauern bis meine lieben Eltern das
Handtuch warfen.
Sie wollten nicht mehr.
Kurzerhand wurde Ihr Büro geschlossen. Sachen gepackt,
Flugtickets gekauft.
Ihr weg führte die beiden zurück nach Deutschland.

Von dem Zeitpunkt an war ich auf mich alleine gestellt.
Für mein leben war von dem Zeitpunkt nur noch einer
zuständig.
Ich selbst!
Nur für mich sorgen währe kein Problem gewesen!
In meiner Wohnung lebten aber 3 Personen dessen Mäuler
gestopft werden mussten.
Zuerst war das ganze auch ohne Probleme möglich. Birgit
brachte ja schließlich auch Geld mit nachhause.
Da war sie noch fleißig.
Wir stritten viel. Sie wollte immer über mich bestimmen.
Aber genau das lies ich nicht zu.
Mir war zu der Zeit meine Karriere wichtiger als das Leben
Zuhause.

Der Job als Radiomoderator spannte mich 100%tig ein.
Geld gab es nur für Werbeverträge.
Die Moderation und Vorbereitung der Sendungen wurde
nicht extra Honoriert.
Um alles zu bezahlen war ich gezwungen immer mehr zu
Arbeiten.
Mein bekanntheitsgrad wuchs,
dadurch wurde mir die Möglichkeit gegeben nachts in den
verschiedensten Discotheken als DJ aufzulegen.
7 Tage die Woche wurde malocht.
Das war ein großer Fehler.
Birgit zog sich zu der Zeit immer mehr aus dem Arbeitleben
zurück.
Klar, ich schleppte ja genug Monny an.

Ausreden über ausreden, warum sie **nicht** arbeiten kann,
versuchte sie mir reinzuwürgen. Das machte mich aggressiv.
Ganz ehrlich, ich bin ein sehr netter Mensch. Diese Peson
förderte alles schlechte von mir zu Tage.
Das was mir besonders übel aufgestoßen ist waren die lügen
die Sie über mich in meinem Freundeskreis verbreitete.

Nämlich immer wenn sie bei einem Streit nicht weiter kam,
brachte sie so tolle Dinger wie,, er hat mich gehauen,, nein
ich führe das jetzt nicht weiter aus, sonst....

Es gab auch gute Zeiten keine frage.

Insofern sie die Zeit ergab
(fast jede Nacht) sind Marcus und ich Feiern gegangen.
Eine Spezialität von uns war der
„Tolle Flaschen klau„!
Dazu gab es 2 Möglichkeiten.

1.

In den meisten Bars und Discotheken in Playa del Ingles
wurde die Happy hour praktiziert. Die Gäste bestellten ein
Getränk, bekamen aber zwei.
Einer von uns (meistens Marcus) ging vor und peilt die
Lage. Sobald frische Durschtlöscher an die Tische gestellt
worden. Lenkte einer von uns kurz die danebenstehenden
Personen ab, der andere griff zu.
Voila, Prost!
Danach gleich in eine andere Bar, so wurden wie voll wie
ein Eimer. Ohne zu Bezahlen.

2.

In einer Nobel Disco in Playa del Ingles war es üblich nicht
einzelne Getränke zu bestellen, es wurde gleich eine Flasche
geordert. Zu der Literflasche z.B. Whisky gab es alle
anderen Alkoholfreien Getränke (Cola usw.) gratis dazu.
Der Vorteil war folgender. Die halbvollen Flaschen wurden
nicht einfach weggeworfen. Diese wurden mit einem
Namen versehen und hinter der Bar aufbewahrt.
So gab es die Möglichkeit immer wieder seine Flasche zu
bestellen. Die Alkoholfreien Getränke gab es natürlich auch
wieder Gratis dazu!!
Wir haben uns einfach gemerkt, wer von unseren
Bekannten eine Flasche im Suff hat zurückgehen lassen.

Da wir nicht unbekannt waren, hatte das mir dem bestellen einer fremden Flasche sehr gut funktioniert.
Wieder einmal voll wie ein Eimer.

Wir waren keine Asozialen. Das haben wir nur gemacht wenn uns das Geld ausging.
Wir brauchten schließlich immer Bares um Koks zu kaufen.

In Playa del Ingles gab es die Verschiedensten Shopping Zentren. In denen Abends der Bär von der Kette gelassen wurde.
Unter anderem gab und gibt es das Jumbo Centre.
Dort feierten Fast nur Schwule und Lesben Ihre Partys.
Natürlich bin dort auch des öfteren hingegangen.
„Nein„ ich bin nicht Schwul.

Der Grund warum wir dort hingegangen sind ist ein einfacher. Dort gingen die Party bis in die frühen Morgenstunden.

Die Schwulen haben uns einiges voraus.
Alleine wie die Jungs mit Ihrer Sexualität umgehen haut mich immer wieder um.
Unsereins geht in eine Bar nur aus zwei gründen.
Saufen und oder Ficken!

In meiner Zeit als DJ konnte ich so was bestens beobachten und Studieren.
Ein Typ stellt sich an die Bar, ein kurzer Blick. Das Opfer wird gesichtet.
Langsam pirscht sich der Typ an die Ische ran.
Die Plumpen Kerle fragen:
„willst Ficken„
dieser geniale Spruch geht meistens in die Grütze!

Besser ist noch, der Typ gibt den ganzen Abend dem
Tittenwesen einen aus. Entweder ist die Olle so voll das sie
einem auf die Schuhe Kotzt. Oder sie rennt einfach weg.
Währe der Typ direkt in den Puff gegangen hätte er sogar
noch was gespart!

Die Schwulen sind da schmerzfreier.
Natürlich gehen die Jungs genauso zum Saufen und Ficken.
In vielen Schwulen Kneipen gibt es einen Dark Room.
Der Dark Room ist ein völlig verdunkelter Raum der nur
einem Zweck dient, sich entsaften zu lassen!
Ich finde das genial.
Geh inne Bar, bestell ein Bier, las dir schnell und
unkompliziert einen Blasen.
Mit freien Kopf und durchgepusteter Kanone, feiern bis der
Arzt kommt.

Warum gibt es so was bei uns Hetro´s nicht?

28

Ein Neuer Radiosender wurde im Süden von Gran Canaria
eröffnet.
Merci Radio!
Er stellte alles was es bis dahin gab, in den Schatten.
Größer schneller weiter.
Da Markus auch Radio machen wollte,
kamen wir auf die Idee uns dort zu bewerben.
Zack, wir wurden genommen!
Der Sender war in einer wunderschönen Hotelanlage in
Patalavaca untergebracht.
Der Senderchef war ein ehemaliger Kollege von uns.
(Aus alten Timeshare Tagen)
Der Sender bezahlte ein sehr gutes Gehalt. So konnte ich
mich nur noch aufs Radiomachen konzentrieren.

Zu der Zeit hatte Birgit so gut wie überhaupt nicht mehr
gearbeitet.
Sie putzte noch ab und zu bei irgendwelchen Leuten. Das
war's.
Eigentlich wollte ich sie vor die Tür setzen.
Mein Gutes Herz und Ihre Tochter ließen mich anders
entscheiden.

Sie sagte mir immer das Sie auf keinen Fall aus
gesundheitlichen Gründen Schwanger werden konnte.
Trotzdem hatte ich immer aufgepasst.
Bis auf ein mal.!!
Aus dem „einmal,, ist mein Sohn geworden.

Das ist das Beste was sie mir gegeben hat.
„Sie,, kann mit bis zum heutigen tage gestohlen bleiben.
Mein Sohn, auf den lass ich nichts kommen.

Das größte Geschenk was die Canarisschen Inseln mir gemacht haben.
Das wollte ich nur mal klar stellen!

Merci Radio bestand aus zwei Kanälen. Zum einen der Deutschsprachige und zum anderen der Englischsprachige! Wir waren ein Großes Team. Zehn Moderatoren (Fünf Englische und Fünf Deutsche), eine Sekretären, drei Verkäufer und ein Team Leiter.
Das Studio befand sich im unteren Teil des Hotels. Wir schauten direkt auf die Promenade und den Strand. Das Deutsche Studio war links und das Englische rechts nur durch eine Glasscheibe getrennt.
Von außen war es Tagsüber nicht möglich ins Studio zu schauen. Die Scheiben waren Verspiegelt.
Radiomachen, auf den Strand schauen, soviel Geld verdienen, um keine sorgen zu haben!
Ich war im Paradies.

29.

Unser Sportmoderator war ein ganz besonderer fall. Er litt an dem so genannten Tourette Syndrom. Ein wahrer Meister wenn es um Fußball ging, extrem kompetent.
Nur neben Ihm sitzen, das ging mal gar nicht.
Bei seiner eigenen Moderation legte er immer die Finger auf den Mirofonregler! So konnte er immer schnell das Mic zuschließen wenn ihm „Ficken„ oder „ du Hure„ oder sehr beliebt war auch „du Schwanzlutscher„ aus dem Gesicht fiel.

Anders war es wenn ich Moderierte.
Er saß des öfteren neben mir und hatte seine Sendung vorbereitet. Zwischendurch immer wieder „Ficken„ meistens konnte ich die Situation irgendwie Retten.

Übel war es nur wenn ich plötzlich seine Hand im Nacken spürte und er meinte
„ ich will dich töten„!!!!!!!!!!!!

Das Studio war wie gesagt einseitig verspiegelt.
Tagsüber gab es keine Möglichkeit ins Studio zu schauen.
Abends sah die Sache anders aus.
Sobald es dunkel wurde war es natürlich möglich von der Promenade aus ins Studio zu schauen.
Soweit dachte der Sport Moderator nicht!
Eines Tages, es war schon Dunkel.
Richtete er sich alles für Seine Sendung vor. Ein Bildschirm war für Seine Texte reserviert. Auf dem anderen hat es sich wunderbare Pornos bereit gestellt.
Während der Sendung hat er sich dann genüsslich einen gehobelt.

Kurze zeit später bekam ich einen neuen Kollegen!!!

Unser Team Leiter war ein Guter Kerl. Leider stimmten die Verkaufzahlen des Senders hinten und vorne nicht. So dauerte es auch nicht lange bis auf seine Dienste verzichtet wurde.
Markus rückte nach und wurde mein Boss!

Zu der Zeit fingen wir an Gastmoderatoren aus Deutschland zu bekommen.
Für mich war das klasse, jeder der Gastmoderatoren brachte mir neue kniffe und Techniken bei.
Einer der Gastmoderatoren war so von der Atmosphäre im Sender und der Anlage so angetan, das er einfach blieb.
Harald war sein Name. Ein genialer Moderator. Ein Haudegen.

Gefeiert hatten wir schon immer viel. Mit Ihm wurden die Partys legendär!
Er führte so schöne Partys ein wie:
„den Lustigen Montag„ der spontane Dienstag„ der häufige Mittwoch„ usw.
Wir Trafen uns meistens nach Feierabend in Patalavaca in einer Kneipe namens, Randale Cafe.
Daran erinnere ich mich sehr gerne.

So sehr es im Radio berauf ging.
Umso mehr ging die Stimmung zuhause nach unten.
Mittlerweile waren wir ja zu viert.
Windeln, Miete, Futter, Auto alles das kostet Geld. Birgit weigerte sich zu arbeiten.

Mal ehrlich jeder in Spanien hat gearbeitet. Die Kinder auch die kleinen wurden in den Kindergarten gegeben.
Auch dazu weigerte sie sich. Sie saß lieber auf unserer Terrasse mit den anderen Weibern, trank Sekt und passte gelegentlich auf andere Kinder auf. Mir blieb nicht anderes übrig als doch noch einen weiteren Job als Kellner in einer Bar anzunehmen.
Sechs Tage die Woche Radio, von acht Uhr Morgens bis sechzehn Uhr.
Kurz nach Hause umziehen. Achtzehn bis zwei Uhr morgens Kellnern.
Das beste waren die Sprüche die ich mir noch anhören durfte.

Du nimmst dir überhaupt keine zeit mehr Für uns!?

Mein leben ging mal wieder mit 1000 Sachen Berg ab.

Diesen druck konnte ich nicht länger ertragen. Kaum Freizeit nur Malochen.
Sollte so mein leben weitergehen?

Die Lösung des Problems ergab ohne mein zutun von ganz alleine.

Auf Gran Canaria wurde es durch die schwindenden Urlaubszahlen, immer schwieriger Werbung zu verkaufen.
Der Sender lebte ja von den Werbeeinnamen. Es musste gekürzt werden.
Zuerst wurde die Englische Seite des Senders aufgelöst.
Nur kurze Zeit später wurde auch bei uns gekürzt. Köpfe Rollten.
Einer davon war meiner.

Merci Radio hielt sich nach meinem Abgang noch gut 6 Monate. Danach wurde der Sender Komplett aufgelöst.
Echt ich darf gar nicht daran denken was wir an Zeit und Ideen dort reingesteckt haben. Alle die dort gearbeitet haben sind früher oder später von der Insel gegangen.

Ein Phänomen das mir leider sehr oft begegnet ist.
Persönlich glaube ich das ein Fluch auf den Inseln Ruht.
Die Inseln sind wie ein Energie fressendes Monster.
Es braucht Menschen um zu überleben.
Mit allerlei tollen Angeboten werden Menschen aus der ganzen Welt dort hingelockt.
Wie im Schlaraffenland werden alle zuerst verwöhnt.
Biste dann gesättigt und voll.
Fängt es an.
Man wird regelrecht gekaut, verschluckt, verdaut und am ende wieder ausgeschissen.
Sehr erfolgreiche Kollegen sind entweder an Drogen zugrunde gegangen oder verarmt.
Kollegen die früher mit einem Porsche durch die Gegend gefahren sind, saßen mit einem Schild in der Hand auf dem „Ich habe Hunger,, zu sehen war am Strand.
Wer es nicht rechtzeitig schafft zu gehen, ging unter!

Um lange auf den Inseln erfolg zu haben sollte man dort geboren sein.

Alle Menschen die mir im laufe der Jahre über den weg gelaufen sind, haben diesen Ort wieder verlassen.

Es fehlte bei mir nur noch ein kleines stück um das zu erkenn.

Ich war halt noch nicht ganz unten angelangt.

Natürlich hatte ich erst einmal versucht das beste aus der Situation zu machen.

Merci Radio zahlte mir eine ganz gute Abfindung.

Geldsorgen gab es erst einmal nicht.

Kleinlaut ging ich wieder zu meinem alten Radio Sender.

Ohne richtige Bezahlung versteht sich.

Werbeberträge konnte ich so gut wie keine mehr an Land ziehen.

Auch mit dem Auflegen wurde es immer schwererer.

Es waren einfach zu wenige Touristen auf der Insel.

Keine Urlauber kein Geld.

Meine Ersparnisse neigten sich so langsam dem Ende.

Ich war jetzt 29 und hatte wenn ich ganz ehrlich bin noch gar nichts erreicht.

Das alte leben Kotzte mich an. Zu der Zeit setzte ich mich viel ans Meer und dachte über mein Leben nach.

Auf eigenen Füssen stehen. Das war immer mein Ziel gewesen.

Dieses Ziel hatte ich bis zu dem Augenblick, schön an die Wand gefahren.

Meine Träume einfach das Klo runtergespült.

Es musste sich was ändern so konnte es nicht mehr Weiter gehen.
Partymachen war schon seit einiger Zeit nicht mehr mein Ziel.
Auf Drogen verzichtete ich auch.
Ein Klarer Kopf, das war mein neues Ziel.

Von der Insel wollte ich weg. Aber wie und wohin.
Schließlich gab es ja noch Birgit ihre Tochter und meinen Sohn.
Alleine lassen wollte ich die Drei nicht.

Mit vollem Elan entschieden Birgit und ich, das wir die Insel sofort verlassen müssen, bevor wie gar kein Geld mehr hätten.
Der Weg sollte mich in das Geburtsland von Birgit führen.

Der Ausflug in die Schweiz

30.

Die Kinder und Birgit machten sich zuerst aus dem Staub.
Ich blieb noch einige Zeit auf dem Felsen um Alles zu
verkaufen.
(DEJA-VU)
Unser ganzes hab und gut passte in einige Koffer und
Reisetaschen.

„Schweiz ich komme,,

Mein Flug ging nach München, dort wurde ich von Birgits
Schwester empfangen. Mit dem Auto fuhren wir Richtung
Zürich See.

Wohnen durften wir auch in dem Haus von Birgits
Schwester.
Da war ich also.
Immer noch ohne Ausbildung. Mitten in den Alpen.

Rechts vom Haus hohe Berge. Links vom Haus, ebenfalls hohe Berge.
Das Dörfchen in dem wir unter gekommen sind war ganz Idyllisch!

Es war Herbst.
Die Berge wurden jeden Abend in ein atemberaubendes Rot getaucht. Das Häuschen war auf seine Weise echt genial.
Unten gab es eine Küche mit einem Holzofen.
Gleich hinter der Küche lag das Wohnzimmer. Eine knarrende Holztreppe führte in den ersten Stock. Dort gab es zwei Zimmer, in denen die beiden Töchter der Schwester wohnten. Dort war auch das Badezimmer untergebracht.
Ein sehr keines Bad mit Dusche und einer Sauna!
Eine weitere Treppe führte in den obersten Raum.
Das Schlafzimmer.
Draußen war eine Holzterrasse und hinter dem Haus stand ein Atelier! Gudrun (Birgits Schwester) war Malerin. Sie selber wohnte nicht in dem Haus. Sie nutzte nur das Atelier.
Die Straße runter gab es eine Schule und einen kleinen Tante Emma Laden.
Von dort aus ging es direkt ins Dorf innere. Einige Modegeschäfte, eine Videothek und eine Bäckerei. Das war's.
Im Sommer verirrten sich nur wenige Touristen in das Städtchen.

Im Winter sah es dort anders aus.
Überall wurden die Skipisten präpariert. Ein Saufpilz nach dem anderen Schoß aus dem Boden. Tausende von Menschen drängten sich durch das Dorf. Skifahren hatte mich nie Interessiert. Schlittenfahren das war Cool.

Überall gab es Apres Ski Party´s. Nur nach Feiern war mich nicht zu mute.
Ich war am Boden zerstört und unglücklich. Die einzige Motivation war mein kleiner Sohnemann. Also versuchte ich mich aus meinem Dämmerzustand zu befreien. Wenn mich das leben auf den Canarisschen Inseln eines gelernt hat, ist es dieses!
„Hab ne große Schnauzte und setz dich durch,,

Entschlossen ein neuen Anfang zu starten, machte ich mich auf den weg nach Zürich. Dort waren die Ämter.
Auf Sozialamt oder ähnliches hatte ich keinen Bock.
Noch nie war ich Arbeitslos oder auf Hilfe von Fremden angewiesen!
Und das sollte auch so bleiben.
Der Weg führte mich also aufs Arbeitsamt!
Dort hatte ich einen Termin mit einem Herrn Beierlein.
„Hi, mein Name ist Tom Schmelzkamp und ich brauch nen Job,,
„Was können Sie den?,, entgegnete mir der Beamte!
„Ich kann alles,,
Ein besserer Spruch viel mir nicht ein!
Der Beamte verdrehte die Augen und meinte dann herablassend:
„Das mag schon sein! Was haben sie den für Qualifikationen,, ?

Da währe mir fast der Kragen geplatzt.
Ich beugte mich nach vorne, links und rechts klammerten sich meine Hände an den Schreibtisch.
Tom jetzt bloß nicht ausrasten. Bleib ruhig.
Bleib bloß ruhig!!

Ich schloss die Augen! Senkte den Kopf.
Ein Tagtraum umschloss mich.

,,Im Geiste war ich wieder auf Teneriffa auf der Terrasse meiner Eltern in Palmar.
Hinten konnte ich das Meer sehen. Auf den spitzen der Wellen bildete sich ganz leicht weißer Schaum.
Über mir kreisten Lachmöwen. Der Himmel war glänzend blau!
Eine Biene flog ganz nah an meinem Ohr vorbei. Summmmm!
Ich spüre die warme Sonne auf meinem Rücken.
Ein leichter Warmer Wind streicht mir über die Beine.
Meine Mutter legte sehr viel wert auf den Garten. Es waren wunderschöne pflanzen überall am Haus.
Der duft es Oleanders stieg mir in die Nase.

Vor mir Berge von Arbeitsmaterialien.
Neben mir mit einer Zigarre in der Hand mein Stiefvater.
Damals hatte er noch dunkles Haar.
Er meinte im Zuge meiner Verkaufsausbildung:
,,Tom, egal wer vor dir sitzt, egal für wie wichtig sich diese Person hält, du bist der Boss, du kannst alles zu einem Abschluss bewegen, du musst es nur aus vollen Herzen wollen. Nichts ist unmöglich, nicht denken sondern einfach machen. Mehr als ein ,,**nein**,, Kannst du nicht bekommen!,,

Ich öffnete die Augen. Nahm den Kopf langsam wieder
Hoch und schaute den Beamten kurz aber bestimmen an.
Die Schleusen in meinem Gehirn öffneten sich. Ein riesiger
Schwall Übermutes ergoss sich direkt über meine Lippen!,,

„Qualifikation,,?
Sie fragen mich nach meinen Qualifikationen.?
Wissen sie, ich komme gerade direkt aus Spanien. Zuhause
sitzen 3 Hungrige Mäuler die gestopft werden müssen.
Miete sollte ich auch zahlen. Der Staat gibt uns nicht einen
Heller. Ich will und muss arbeiten, egal was! Schauen sie
her, meine Geldbörse ist lehr. Ihr Job ist es mir Arbeit zu
beschaffen.
Nicht Morgen sondern gestern!,,

Mach hin du Klappstuhl! Das habe ich natürlich nicht
gesagt. Währe aber noch ein Cooler Abschluss gewesen.

Gleich nach meinem Gefühlsausbruch. Schaute mich Herr
Beierlein bewundert an.

Er griff in seine Schublade im Schreibtisch und zog eine
Adresse eines Supermarktes raus und meinte dann:
„Fahren sie jetzt gleich dort hin. Stellen sie sich vor. Den
Rest werde ich von hier aus regeln.
Viel Erfolg!,,

Mit der Adresse des Marktes machte ich mich auf den weg.
Der Laden gehörte zu einer der größten Supermarktketten
in der Schweiz. Dort angekommen begrüßte mich schon ein
Mann im Dunklen Anzug. Er sah eher aus wie jemand von
der Mafia.
Im Gespräch stellte sich heraus, das der Mann alle
Supermärkte in Zürich unter sich hatte.

Was mich wunderte war das er mich nicht als Verkäufer oder Kassenkraft einstellen wollte. Er machte mich einfach zum Marktleiter.
Anscheinend hatte ich bei dem Beamten im Arbeitsamt ordentlich Eindruck hinterlassen. Er schwärmte von mir in höchsten Tönen.

Marktleiter!, was sollte ich denn damit anfangen?
Egal, ich kann schließlich alles!
Ho,ho..............

Zum einarbeiten wurde ich in einen anderen Laden geschickt.
Das war auch ganz in Ordnung soweit. Der Arbeitsweg nervte ein wenig. Neunzig Minuten hin Acht Stunden Arbeiten und Neunzig Minuten wieder zurück.
Nach einigen Wochen ging es dann Los.
Mein eigenes Geschäft!
Da wurden aus den acht Stunden leicht mal zehn oder zwölf Stunden plus Hin und Rückfahrt.
Zu hause war ich nur noch zum schlafen.

Eigentlich bin ich damals davon ausgegangen, das Birgit auch wieder mit dem arbeiten anfing.
Nichts passierte!
Das einzige was ich zu hören bekam waren ausreden oder Vorhaltungen. Sie meinte ich hätte zu wenig Zeit für die Familie, sie wolle aus dem Dorf weg, die Kinder geben mir keine Zeit zum Arbeiten.
Das alte Lied jeden Tag aufs neue. Auch mit dem Geld was ich anschleppte konnte sie nicht wirklich umgehen.
Vielleicht lag es auch am mir.
Vielleicht war ich wirklich so ein Arsch und Versager.
Jedes mal nach Feierabend auf dem Weg nach Hause zermaterte ich mir meinen Kopf.

Was mach ich falsch, bin ich unfähig?
Stress auf der Arbeit und Stress zuhause. Das wurde mir
zuviel. Ich fühlte mich wie ein Schnellkochtopf auf einer
Herdplatte.
Der Druck stieg und stieg und stieg und stieg und stieg und
stieg und stieg und stieg und stieg...pfffffffffffffffffff.

Kurz nach Sylvester und Neujahr war es soweit.
Der letzte Tropfen machte sich bereit um das Fass zum
überlaufen zu bringen.

Draußen hatte es geschneit. Nicht nur ein bisschen
Puderzucker auf den Strassen. Das war ein
Schneeaufkommen wie meine Augen es noch nie zu
Gesicht bekommen hatten.
Ich zog mir meine Sachen an und meinte so nebenbei.
„Birgit gib mir doch bitte Geld zum Tanken,,
Als Antwort wurde mir etwas unerwartetes
entgegengeschleudert.
Birgit sagte so neben bei:
„Wir haben keines,,!!!

„Was?,, fragte ich ungläubig.
„Wir haben keines,, schnaubte sie noch mal zurück.
Birgit hatte unseren Lohn einfach ausgegeben.
Auf die Erklärungen wollte ich nicht mehr hören.

Der Kessel Explodierte, das Fass lief über, der Staudamm
brach zusammen.
Mein komplettes sein wurde Pulverisiert.
Ich war am ende meiner Kraft.

Der einzige Gedanke war, ich muss hier weg!

Zum schreien war ich zu schwach. Mein erster weg war zur einzigen Telefonzelle im Ort.

Ich rief meine Schwester an.

Sie Lebte zu der Zeit schon in Konstanz.

„Hi Sis,, flüsterte ich in Telefon.

Sie wusste gleich was los war.

„Bitte sende mir Geld für ein Zugticket,, auf meine Schwester war schon immer verlas. Sie veranlasste sofort eine Geldüberweisung mit einem Geld Express Sevice.

Wie in Trance schwebte meine Wenigkeit noch einmal zurück in die Hölle.

Ich nahm mir eine Reisetasche schmiss einige meiner Klamotten dort hinein.

Schnappte mir meinen DJ Koffer.

„Ich geh,, waren die letzten Worte in diesem Haus.

Zärtlich umarmte ich noch einmal meinen Sohn.

Mein weg führte direkt zur Busstation von dort aus zum Bahnhof und dann nach Konstanz.

Wieder einmal hatte ich alles verloren das dritte mal in meinem Leben.

So weit unten war ich aber noch nie.

Ganz unten.

Keine eigene Wohnung, keine Ausbildung, absolut keinen Pfennig.

In Spanien war es immer irgendwie möglich was zu verdienen.

Jetzt war der Nullpunkt erreicht.

Endstation Deutschland

Wieder einmal good old Germany

31.

Ich hatte es geschafft mein Leben endgültig an die Wand zu setzen.
Ziel und Ideen los, wohnte ich auf dem Sofa meiner Schwester.
Die ersten paar Tage nach meiner Ankunft, versuchte ich mich zu sammeln.
Ein Plan musste her.

Meine Schwester war zu der Zeit selbständig. Sie leitete Ihren eigenen Friseur Laden.
Mir blieb nichts anderes möglich als erst einmal auf sämtliche Ämter zu gehen.
Auf dem Sozialamt wurde ich gleich abgewiesen und bei der Agentur für Arbeit, wurde mit mitgeteilt das ich keinen Anspruch auf Arbeislosengeld habe.
Niemand wollte mir helfen.

Also war ich wieder einmal auf mich alleine gestellt.
Die erste Zeit hatte ich für meine Schwester den Haushalt
geführt.
Ich machte sauber ging einkaufen und kochte für alle.
Es war gar nicht so einfach für uns vier zu Kochen. Die drei
Mädels waren schließlich als Familie „Freß„ bekannt.
Immer wenn ich dachte das Essen müsste für zwei Tage
reichen, wurde ich eines besseren belehrt.
Kochte ich zum Beispiel acht Rollladen mit Kartoffeln,
Rotkraut und Kroketten. Wurde ich gefragt ob das alles sei?
Wahnsinn was die in sich reinstopfen konnten.
Alle waren gertenschlank.
Das waren echte Coppervields.
Noch ist das Futter da.
Zack, alles weg.

Zum glück hatte ich meinen DJ Koffer mitgenommen.
Um an etwas Geld zu kommen legte ich in einem Club in
Konstanz auf.

Jeden Tag hatte ich mich auf den weg zu Agentur für Arbeit
gemacht.
Die halfen mir zwar nicht!
Dort konnte ich aber gratis ins Internet um mir einen Job
zu suchen.
Es sollte auch nicht lange dauern, da sprang mich eine
anzeige an.
„Suchen Moderator„

32

Diese Anzeige war wie eine Erlösung, Moderieren, ja, das konnte ich.
Das schwierigste war eine Bewerbung mit Lebenslauf zu schreiben. In Spanien war es nicht üblich sich schriftlich zu bewerben.
Damals bin ja immer direkt zu den verschieden Firmen gegangen.
Hier in Deutschland ist es ja üblich alles schriftlich zu machen.
Die Bewerbung ging ja noch.
Aber der Lebenslauf brachte mir Kopfzerbrechen.
Was soll ich Schreiben?

„Habe meine Lehre hingeschmissen, Timeshare verkauft, Radio Gemacht....„

Letztendlich dachte ich mir scheiß auf den Lebenslauf. Ich probier es einfach auf meine Art.
Ich schrieb also.

„Hallo mein Name ist Tom Schmelzkamp und ich möchte bei Ihnen arbeiten.
Anfangen kann ich sofort,,
MFG
Tom Schmelzkamp

Diesen Kurzen Brief sendete ich der Firma Kids Events.
Nur einen Tag später bekam ich einen Anruf.
„Hallo hier ist Herr Schwarz,, kratzte es durchs Telefon.
„Wer,, fragte ich?
„Kids Events,, brummte es zurück.
Ich war fassungslos.

Warum riefen die so schnell zurück?

War das Bewerbungsschreiben wirklich so scheiße, wollten die sich beschweren.

Oder, wollten die gleich absagen.

Tausend Sachen schwirrten mir durch den Kopf.

Vielleicht wollten die sich auch nur über mich lustig machen.

Ich malte mir alles nur erdenkliche schlechte aus.

Das leben hatte mich in der letzten Zeit so verarscht.

Da konnte nichts gutes kommen.

Warum sollte auch, ich war nichts, konnte nichts, fühlte mich total hässlich.

Nichts am mir gefiel mir mehr. Immer wenn ich in den Spiegel schaute wurde mir schlecht.

Du Versager, du Idiot, los mach endlich Schluss.

Du wirst hier niemals etwas erreichen.

Ende Gelände.

Am besten du setzt dich auf die Straße und bettelst.

Weit von der Mittellosigkeit war ich ja tatsächlich nicht entfernt!

„Hallo, sind sie noch da?„ dröhnte es aus dem Telefon.

„Äh, ja bin ich, warum rufen sie mich an?„ fragte ich kleinlaut.

Dann die erlösenden Worte.

„Wir sind an Ihnen Interessiert, wann können sie zum Verstellen vorbei kommen!„

„Morgen„ rief ich freudestrahlend zurück.

Konnte das wirklich sein.

Ein Lichtpunkt am ende des Tunnels.

Freude durchzuckte meinen Körper.
Am nächsten morgen lieh ich mit das Auto von meiner
Schwester und machte mich auf den weg nach Stuttgart.

Dort wurde ich von Herrn Schwarz freundlich begrüßt.
Herr Schwarz war ein mittelgroßer Mann. Mit
südländischem Aussehen.
Er schüttelte mir die Hand und bot mir gleich das „Du„ an.
Oben im Büro erklärte er mir was Kids Events für eine
Firma sei.

Es war eine, wie der Name schon sagt, Event Firma.
Die Kinder und Jugend Events veranstaltete.
Er Zeigte mir Bilder von den Shows.
Im Grunde war es Animation, die man aus den Hotels im
Urlaub kannte.
Wir sollten also durch ganz Deutschland die Schweiz und
Italien reisen um in Freibädern Events zu veranstalten.
Es gab eine zerlegbare Bühne auf der Bademodenschauen
veranstaltet wurden und riesige spiel Geräte die in den
Pools der Bäder aufgebaut worden waren.

Zum Beispiel ein fünf Meter hoher Eisberg, auf der einen
Seite konnte hochgeklettert werden auf der anderen Seite
rutschte man einfach runter.
Es gab Wassertanz und lauter geniale spiele.
Acht stunden sollte jeder Event dauern.
Morgens also alles aufbauen, Show machen, abends
abbauen und in die nächste Stadt und das nächste Bad
fahren.
Geschlafen wurde in einem Riesigen Wohnmobil.

Wiegald (Herr Schwarz) erzählte mir alles in den buntesten
Farben.
Ich wurde auch gleich dem Teamleiter vorgestellt.
„Schorsch„
Schorsch war ein Mann anfang Fünfzig.
Er sollte mich in das ganze Treiben einführen.
Wie wird Moderiert auf was ist zu achten usw.

Auf die Frage hin, ob ich mir das alles vorstellen konnte.
Blieb mir nur.
„Ja„ zu sagen.
Es wurden dann noch die Zahlungmodalitäten
ausgehandelt!
Ich unterschrieb den Arbeitsvertrag.
Mein neues Leben fing an gestallt zu bekommen.

Kids Events

33.

Abends fuhr ich zurück nach Konstanz.
Erschlagen von all den neuen Eindrücken.
Begreifen konnte ich das alles noch nicht.
Mit dem Vertag in der Hand erzählte ich Sis
(Schwesterherz) was heute so alles passiert war.

Einige Tage später packte ich mal wieder meine Sachen,
setzte mich in den Zug und machte mich auf den Weg in
ein neues Abenteuer.

Mein neues Zuhause war das vorher angepriesene
Wohnmobil.
Die Firma war ja in der Nähe von Stuttgart in einem kleinen
Kaff.
Ein unheimlicher Ort.
Am Ortseingang lag ein Kernkraftwerk.

Das Wohnmobil stand vor einer großen Lagerhalle. Dort
arbeiteten wir jeden Tag.

Mit Schorsch dem Teamleiter war da noch Ikke der kleinere Bruder und Romeo der Cousin vom Chef.
(Die eigentliche Tour sollte im Mai starten und im Oktober enden!)
Es wurde nicht nur vorbereitet für den Sommer.
Wir machten auch jetzt schon Events.
In Hallenbädern.
Es waren die so genannten „Piraten Partys„

Wir beluden jedes mal unseren LKW. Das schwerste waren die Gewichte, die zum befestigen der Spielgeräte nötig waren. Jedes einzelne wog fünfzig Kilogramm.
Im Winter waren es natürlich nicht so viele Shows wie im Sommer.
Meisten waren wir nur einige Tage unterwegs.

Die Piraten Partys.
Mit grauen erinnere ich mich noch daran.
Nee, die Party waren Lustig aber.........

Stellt es Euch so vor.
Morgens bauten wir unser Equipment auf. Diese bestand aus einer Musikanlage einigen kleinen Spielgeräten und dem Piraten Kostüm.
Das Kostüm bestand zu hundert Prozent aus reinem Kunststoff.
Wir zwängten uns also in die Plastikhüllen.
Hauteng lag der Stoff auf der Haut.
Im Hallenbad, gefühlte sechzig grad Hitze.
Dann singen und tanzen.
Sechs Stunden ohne Pause.
Ich fühle mich wie eine Presswurst.
Allerdings sah ich auch so aus.
Eine Presswurst mit Augenklappe, geschwärzten Zähnen und Rüschen an den Armen und Beinen.

Nein, ein Anblick den Ihr euch lieber ersparen solltet.

Zu der Zeit schliefen nur Schorsch und ich im Wohnmobil.
Dort konnte ich mal so richtig abschalten und meinen
Gedanken nachgehen.
Manchmal bin ich am Wochenende zu meiner Schwester
noch Konstanz gefahren.
Ich schlief weiterhin auf dem Sofa.
Meine Situation hatte sich eigentlich noch nicht wirklich
verbessert.
Keine eigene Wohnung und keine Besitztümer.

Aber, ich hatte wieder Arbeit.
Das Geld was ich verdiente konnte ich schön zur Seite
legen.
Wohnen konnte ich ja im Womo oder eben bei Sis.

Der Mai rückte immer näher. Meine erste Sommertour lag
in den Startlöchern.
Das Animations Team wurde auch immer größer.
Zehn Leute waren mittlerweile im Team aufgeschlagen.
Alles Junge Menschen die mal was anders erleben wollten.
Sieben schliefen im Womo, drei im LKW.
Die Aufteilung der Schlafplätze im Womo gestaltete sich ein
bisschen schwierig.
Schorsch schlief alleine vorne.
In der Mitte lagen zwei und hinten vier Personen.
Das Bett hinten oben, war in Ordnung.
Unten sah es anders aus.
Normalerweise war oben das Bett und unten die
Fahrradgarage.
Genau diese wurde auch zur Schlafkammer umgebaut.
Besser gesagt es wurden einige Bretter reingeworfen und
eine Matratze draufgeknallt. Das Bett war ein Meter zwanzig
breit.
Dort sollte ich schlafen.

Das Problem war nur mein Kollege, der ebenfalls dort
unten schlief.
Er hieß Viktor, ein Deutschrusse.
Zwei Meter Groß und fast genau so breit.
In den Nächten bewegte ich mich nicht besonders viel.

Erster Mai.
On the Road

Es ging los.
Meine erste Sommer Tour. Zuerst waren wir nur ein Team.
Ab Juni sollten wir aufgeteilt werden. Im Team eins
Moderierte Schorsch.
Im Team zwei sollte ich Moderieren.
Wie gesagt, zuerst fuhren wir alle zusammen.
Der Ablauf war meistens der gleiche.
Abends durften wir unser Womo in das jeweilige Bad
fahren und dort zu nächtigen.
Morgens, sechs Uhr aufstehen. Kurz Frischmachen und
alles aufbauen.

Wir hatten einen Ganzen Fuhrpark dabei.
Das Womo an dem noch ein Hänger hing.
Der große LKW an den auch noch ein Anhänger montiert
war.
Zuerst wurde der Lastwagen an die dafür vorgesehene
stellen gefahren.
Er wurde geöffnet und alles was dort drinnen war
ausgeladen.
War der Wagen lehr wurde er zur Bühne umfunktioniert. Er
war so gebaut das er auf der Seite aufgeklappt werden
konnte.

Die Spielgeräte wurden aufgeblasen und zu Wasser gelassen.
Es gab auch ein aufblasbaren Pavillon in dem Spiele
Konsolen eines bekannten Herstellers gezeigt worden.

Wir hatten einige namhafte Sponsoren mit an Bord.
Einer stellte uns Tretautos (Traktoren usw.) zur Verfügung.
Dies Fahrzeuge bauten wir in einen extra dafür abgesteckten
bereich auf.
Mit diesen Autos machten wir jede Stunde eine
Führerscheinprüfung.
Wir setzten die Kinder auf die Dinger und fuhren mit ihnen
einmal quer durch die Bäder.
Am ende jeder Tour wurde jedes Kind mit einem spiel
Führerschein bedacht.
Mit den kleinen Kindern arbeiten fand ich immer besonders
lustig.
Sie glaubten einem einfach alles und machten ohne zu
fragen auch alles nach.
Einer meiner liebsten Gags war dieser.
Ich fragte die Kiddis immer:
„wie klatscht ein einarmiger?„
Fragende blicke.
Ich zeigte den Kindern meine Hand und schlug mit auf den
Nacken.
Alles machten das mit großem Gelächter mit.
Tolle Nummer!
Bei schönem Wetter machte das alles riesig Spaß.
Wenn es aber regnete und nichts los war verging die Zeit
gar nicht.

Wir zogen also wie Zigeuner von Ort zu Ort von Bad zu
Bad.
Ein running Gag war.
„Wir sollten uns bei „Wetten Dass„ anmelden.
Wir können sämtliche Schwimmbäder alleine am
Geschmack erkennen!„

Tagsüber war ich der Spaßvogel. Zu jeden Mist zu haben.
Abends wenn ich in meinem Loch lag, sah es anders aus.
Da schlichen sich wieder meine alten Gedanken ins
Hirn.
Was soll bloß aus mir werden.
Horror Gedanken.

Ich stellte mir vor wie ich mit grauen Fettigen Haaren,
Bierbauch und zerfurchten Gesicht mich auf die Bühne
schleppte.
„Wollt ihr Party„
Krächzte ich raus. Dann ein Raucherhusten Anfall. Mit
Zitternden Händen greife ich zu einem Flachmann in
meiner Tasche.
Schluck.
Mit vergilbten Fingern und ungeschnittenen Nägeln wisch
ich mir über den Mund. Nein, so wollte ich nicht enden.
Meine Zeit wird noch kommen, aber wann?

Zwischendurch wurde uns auch mal Freigegeben. Das
nutzten wir natürlich auch aus. Eigentlich durften wir nichts
trinken. Nicht während der Shows und auch nicht an den
Abenden nach den Veranstaltungen. Das hatte etwas mit
Sicherheit zu tun. Wir arbeiteten schließlich fast nur mit
Kindern und Jugendlichen. Die Verantwortung war groß.
An Freien Abenden sah es anders aus.
Da wurde richtig Gas gegeben.
Doof war es nur, wenn wir an den Freien Abenden in
irgend einem Kaff hielten.
Geil war es natürlich wir in Frankfurt oder München halt
machten.
Da wurde die Nacht zum Tag.
Ganz schlimm fand ich es nur wenn wir zwischendurch zur
Firma fuhren um Spielgeräte zu Tauschen oder zu
reparieren.

Dort war wirklich nichts! Fast nichts, es gab dort einen Griechen, der hatte Schnitzel die so riesig waren das 2 Personen die nicht aufessen konnten und es gab eine Bar, eine richtige Asy Bar. Die Musik dort war scheiße, das Bier ok,

das beste war.... dort gab es Gras zu kaufen.

Immer wenn wir bei der Firma waren. Gingen wir zuerst Schnitzel Essen, dann saufen.

Danach habe ich mich in die Weinberge verpisst mir schön einen Gekifft und die Sterne betrachtet.

Wir tourten also durch Deutschland. Aufbauen, singen, tanzen, Blödsinn erzählen, abbauen, schlafen, Tag für Tag, Woche für Woche, Monat für Monat.

Der Spaß wurde zur Routine und mit Routine und stillstand konnte ich ja schließlich nichts anfangen.

34

Eines Tages sollten wir eine Show in Konstanz machen.
Darauf freute ich mich sehr. Konstanz war ja schon so was
wie Zuhause. Meine Schwester und meine beiden Nichten
bedeuteten mir schon viel.
Unsere Shows waren wie schon gesagt sehr Wetter
abhängig. Gutes Wetter geile Show Mistwetter, Schrott
Show.
Genau an dem Eventtag in Konstanz spielte das Wetter
nicht mit.
Wir bauten wie gewohnt morgens alles auf. Machten uns
frisch und warteten auf die Kiddis.
So gut wie kein Kind tauchte auf. Ich hatte also Zeit mich
ausgiebig mit den Schwimm Meistern zu unterhalten.
Eine Azubiene viel mir dabei sofort ins Auge.
Sie hatte dunkelblonde Haare, ein weißes T-Shirt mit der
Aufschrift Konstanzer Bäder und eine Blaue Hose.
Wir unterhielten uns über dieses und jenes, jedes Mal wenn
sie mich ansah schmolz ich dahin. Sie war gerade neunzehn
Jahre alt. Also gut elf Jahre jünger als ich. Johanna (so war
ihr Name) wirkte viel älter und erwachsener. Ich fühlte mich
von dieser jungen Frau so angezogen, das war der Hamma.
Jedes Mal wenn Sie kurz weg musste ,blutete mir das Herz.
Eigentlich hatte ich ja Frauen abgeschworen. Lieber Schwul
als noch mal diesen ganz Mist mitmachen!
Bei ihr war es anders, dieses Mädel brachte mein
versteinertes Herz wieder zum schlagen.
Der Abend und das abreisen rückte immer näher.
Johanna stand am Beckenrand, ihre Haare waren zu einem
Pferdeschwanz nach hinten gebunden. Sie bewegte sich in
Zeitlupe.
Ihr kennt doch die Serie in der diese Blonde Badenixe den
Strand hinunter rennt.

Die Haare wehen, die Titten schwingen hin und her.

Ich schweif ab...........

Sie stand also einfach da beschimpfte irgend welche Tschabos:

„Benehmt euch oder Ihr fliegt raus,,

Ich faste meinen Mut zusammen und schlich mich von hinten an sie heran.

Klopfte ihr auf die Schulter.

„Sach ma, gibst du mir deine Nummer,, stammelte ich raus.

Sie sah mich nur an. Nichts passierte.

„So ein Mist,, dachte ich.

Da ich ja auch noch mit abbauen musste, lies ich sie stehen.

Nach dem der LKW beladen war. Wir geduscht und gestriegelt waren.

Durften wir noch auf Firmen Kosten etwas essen.

Pommes und Schnitzel.

MMMMMMM lecker.

Eigentlich schon, nur in den meisten Bädern gab es Schnitzel mit Pommes.

Nach 80 Tagen erregte dieses Menu mich nur noch rein perifähr.

Wir aßen, mein Blick richtete sich immer noch Richtung Schwimmerbecken.

Johanna wo bist du?

Sie war wie vom Erdboden verschluckt.

Traurigkeit machte sich wieder in mir breit.

Mein Herz versteinerte auch schon wieder.

Dann stand sie aber doch noch einmal vor mir. Sie wollte sich verabschieden.

Freudestrahlend schüttelte ich ihre Hand.

Während ich so am schütteln war, überlegte ich mir wie ich sie noch ein bisschen halten konnte, die Telefonnummer hatte ich ja auch noch nicht. Dann der Geistesblitz.

„Wo isn der Zigarettenautomat,, fragte ich.

„Ich zeig es dir,, meinte Johanna.

Wir gingen also ins Bad innere. Ich zog mir meine Ziggys und griff nach Johannas Hand.

,, Küsschen noch zum Abschied,, brach es aus mir heraus. Sie war nicht abgeneigt.

Zuerst nur auf die Wange, dann ein ganz flüchtiger auf den Mund und dann das ganze Kussprogramm. Ich will ja nicht angeben aber Küssen kann ich wie ein Weltmeister.

Wir verabschiedeten uns dann.

Ha, ihre Nummer hatte sie mir nach diesem grandiosen Kuss natürlich gegeben.

45.

Wir Telefonierten von dem Zeitpunkt an jeden Abend. Zuerst waren die Gespräche nur zaghaft. Obwohl wir uns kaum kannten war von Anfang an eine innigliche Verbundenheit.

Johannas Wohnung in Konstanz bestand aus einer sehr kleinen Küche mit einem Mircowellenherd, zwei Kochplatten und einem Kühlschrank. Dort stand auch ein Campingtisch mit zwei Stühlen. Das Wohnzimmer schmückte ein ausklappbares Sofa und ein Schreibtisch. Im Badezimmer war eine Dusche und der Schacht, bei offener Tür konnte man bequem auf den Fernseher schauen.

Diese Wohnung wurde zu meinem neuen Zufluchtsort.

Der Oktober und das ende der Sommertour rückte immer näher.

Diesen Winter wollte ich nicht noch einmal im Womo verbringen.

Da Johanna und meine Wenigkeit uns gut verstanden, beschlossen wir zusammenzuziehen. Das funktionierte sagenhaft.

Das Bett-Sofa war nicht besonders breit.

So was interessierte frisch verliebte nicht.!

Alle meine Gedanken drehten sich nur noch um diese schöne Frau.

An die Arbeit dachte er aber auch. Ohne Moos schließlich nichts los.

Über den Winter gab nur am Wochenende Piratenpartys. Unter der Woche legte ich in verschieden Clubs in Konstanz und Umgebung auf.

Die Events im Winter gingen mir Tierisch auf den Sack. Im Sommer war ich der Moderator und konnte sagen was gemacht wird. Im Winter hatte Schorsch das sagen. Damit konnte ich überhaupt nicht mehr umgehen. (Schorsch war ein netter Kerl, nur seine art mit Menschen um, zugehen war sehr gewöhnungs- bedürftig. Abseits der Arbeit verstanden wir und Megamäßig)

Die Wut über die Firma stieg bis ins unermessliche in mir an. Spaß machte es überhapt nicht mehr. Die Luft war Raus. Auf einem Event in Heilbronn platzte mir endgültig der Kragen.

„Ihr Stinkpimmel und Schlampenschlitze, leckt mir doch die Schokolade von meiner Rosette„ brach es aus mir heraus. Das Ende der Fahnenstange war erreicht. Ich packte meine Sachen und setzte mich direkt in den Zug. Voll aufgebracht wählte ich in meinem Handy die Nummer meines Big Bosses........

„ring ring„

„Kids Events, was kann ich für sie Tun„ Schallte es mir freundlich entgegen.

„Nichts gar nichts kannste tun, Saftladen, hab die Schnauze voll, überweis mir mein Geld, komme nie mehr wieder, Schorsch ist ein Arsch, hasse euch alle,,
Rotze ich ins Telefon.

„Äh, hallo, wer sind Sie,, Fragte mein Chef?
mmmmmmmmmmm?
„Äh, hallo hier ist Tom, heute ist es mies gelaufen. Ich möchte bitte Kündigen,,
entgegnete ich ein bisschen ruhiger!
Sprachlosigkeit am anderen ende der Leitung.
Wir unterhielten uns danach noch ein Weilchen.
Er akzeptierte meinen Entschluss,
meinte aber auch das ich jederzeit wieder kommen könne.
Erleichtert steckte ich dach dem Gespräch das Handy in die Tasche.
Schloss meine Augen und dachte an Johanna.....

In Gedanken stand sie in Ihrem Bad am Beckenrand. Mit einer schwungvollen Handbewegung strich sie einige Haarsträhnen von der Stirn. Sie hatte wieder das Weiße T-Shirt mit der Aufschrift Konstanzer Bäder. Ihr Busen zeichnete sich schemenhaft darunter ab. Kleine Igelschnäuzchen blitzten hervor.
Sie lächelt mich an, holt tief Luft und brüllt zu mir herüber:
„was ist mit deiner Zukunft, du Arsch?,,

36

Ich schrecke hoch. Mist, was hab ich getan. Einfach alles
hingeschmissen ohne an die Konsequenzen zu denken.
Nun, als DJ konnte ich nicht überleben und die tolle Frau
wollte ich auch nicht verlieren.
Abends in Konstanz erzählte ich meinem Mädchen was so
alles am diesem Tag geschah. Sie war sehr verständnisvoll.
Sie meinte das wir schon eine Lösung finden würden.
Wir unterhielten uns die ganze Nacht, Diskutierten
verschiedene Prozedere durch und einigten und darauf, das
es das Beste währe, wenn ich endlich eine Ausbildung
machen würde. Nur als was, das stand noch nicht fest.
Wie durch ein wunder löste sich diese frage in Luft auf.

Meine Schwester leitete ja ihren eigenen Friseur Laden und
einer Ihrer Kunden (Ein Bäckermeister) suchte dringend
Leute. Sis und Johanna entschieden für mich.
„Du wirst Bäcker,, hieß es!
„Gut warum auch nicht,, dachte ich mir!
Die Vorstellung Bäcker zu lernen gefiel mir, das was mir ein
bisschen sorge bereitete war mein alter. Immerhin war ich
schon 32 Jahre Jung.
Später mehr dazu!

Die Ausbildung sollte im September starten, es war aber
noch nicht einmal Januar. Was mach soll ich so lange
machen. Stütze wollte ich nicht.
Es blieb nur eine Lösung.
Kids Events!

Nach einigen Gesprächen stellten sie mich wieder ein!
Dadurch das ich meine Grenzen zeigte verstand ich mich
auch wieder prächtig mit Schorsch.

Bis Mai pendelte ich wieder von Konstanz nach Stuttgart
und zurück. Wir veranstalteten die legendären Piraten Partys
und fingen auch wieder gezielt an alles für die Sommertour
herzurichten.
Die Sommer Teams wurden zusammengestellt.
Von Mai bis September waren wir wieder unterwegs. Nur
an freien Tagen fuhr ich nach Konstanz. Der Sommer raste
regelrecht an mir vorbei.
Mein neues Leben rückte immer näher. So richtig konnte
ich mir das alles nicht vorstellen. Ein Lehre machen sesshaft
werden, bodenständig sein. Irgendwie war der Gedanke toll.
Trotzdem bereitete mir das alles Bauchweh. Konnte ich das
durchhalten. War ich dafür bereit? Werde ich jetzt zum
Spießer?
Wenn das leben dir eine Zitrone gibt dann......dann....
mach daraus einen Gin Tonic und sauf dich zu!
Eine tolle Weisheit.
Wenn ich eines in all meinen Jahren gelernt habe,
dann das: Es geht immer weiter. Stillstand ist der Tot.

Bäckerlein in Konstanz fein

37.

Der dreißigste September, mein letzter Tag mit Kids
Events.
Meine allerletzte Show machten wir in Bochum. Das war
ein riesengroßes Freibad. Tausende von Badegästen hielten
sich dort auf. Dort liefen nicht nur Bademeister rum,
sondern auch sicherheits- Gorillas die bis auf die Zähne
bewaffnet waren.
Alles normal, bis auf das ende der gesamten Show oder
besser gesagt das ende der Sommertour und das ende
meiner Moderatoren Karriere.

Normalerweise verlosten wir immer am ende jeder Show
tolle Sachen von unseren Sponsoren, bedankten uns dann
noch bei den Bädern und den Badegästen, bauten ab und
weiter ging's.

Die Verlosung lief normal.

Auf einmal wurde ich links und rechts an den Armen gepackt.

Plöp!

Zwei Animateure hielten mich fest und mein Big Boss lehrte eine ganze Flasche Schampus über mir aus. Alle bedankten sich bei mir. Händeschütteln hier eine Umarmung dort.

Mit Pipi in den Augen verabschiedete ich mich, dusche noch schnell und machte mich auf den Weg in mein Neues Leben.

Morgens hatte ich mir einen Leihwagen genommen. So war es leichter nach Feierabend nach Konstanz zu fahren.

So gegen halb Acht fuhr ich los. Knapp 600 Km. Gut Sieben Stunden Autofahrt.

Gegen Drei Uhr Morgens schlug ich endlich in Konstanz auf. Johanna lies mich in die Wohnung.

Ein Kaffe stand schon auf dem Küchentisch. Wir unterhielten uns nur kurz. Mein Engel musste schließlich auch wieder früh raus und legte sich ins Bett.

An schlaf war in meiner Situation nicht zu denken denn um vier Uhr sollte mein dienst als Bäcker Lehrling beginnen.

Der Kaffe weckte meine Lebensgeister. Johanna hatte mir schon meine Bäckerklamotten zurechtgelegt.

Ich schnappte mir die Sachen, schwang mich aufs Fahrrad (ein Auto hatten wir noch nicht) und radelte munter und aufgeregt in meine Backstube.

Eben noch auf der Bühne umjubelt von Tausenden Menschen, jetzt nur noch ein Lehrling.

Meine Kollegen von Event Team meinten alle das es total bescheuert sei so eine Karriere hinzuwerfen.

Aber mir mich gab es nur zwei Möglichkeiten.

Weitermachen wie bisher ohne Frau und ohne Perspektive oder..

Das durchhalten endlich eine Ausbildung haben und Erwachsen werden!

38.

Die Bäckerei in Allmannsdorf (ein Konstanzer Stadtteil) war
sehr klein.
In der Backstube schufteten mein Chef (Herr Bäcker) ein
Meister und ich als Lehrling.
Ganz ehrlich Zuckerschlecken war das nicht, mein Boss war
Cool, der Meister (Walter) war ein Koleriker. An manchen
Tagen wurde viel gelacht an anderen bekam man das kalte
grauen.
Ursprünglich sollte meine Lehrzeit drei Jahre andauern.
Nach einem ausführlichen Gespräch mit meinem Schulleiter
einigten wir uns auf knapp Zwei Jahre.

Unsere Wohnung sollte sich mit der Zeit doch als ein wenig
zu klein darstellen.
Zu meiner Animateurzeit war das kein Problem, ich war so
gut wie nie daheim.
Wir machten uns auf die suche nach etwas größerem und
wurden auch sehr schnell fündig.
Eine Dreizimmerwohnung mitten in der Stadt, genial. Wir
fühlten uns wie in einem Palast. Eine große Wohnküche, ein
extra Schlafzimmer, ein Wohnzimmer und ein Büro.
Ich war endlich zuhause.
In die Ausbildung stürzte ich mich mit vollem Einsatz.
Keine Drogen mehr und nur Saufen wenn es etwas zum
Feiern gab. Gründe dafür gab es allerdings öfter. hahaha
Um über die runden zu kommen legte ich wieder jedes
Wochenende in einigen Clubs in Konstanz auf.
Auch konnte ich endlich wieder meinen Hobbys nachgehen.
Oder besser gesagt mir endlich mal ein Hobby anschaffen.

In meiner Radiozeit auf den Kanaren produzierte ich Musik für die Werbungen. Das wissen was ich mir in der Zeit zulegte konnte ich jetzt nutzen um meine eigene Mucke zu basteln. Zuerst nur Elektronische Musik. Später auch noch mir Gesang.

Das Frühe aufstehen macht mir nichts aus. Nur das frühe ins Bettgehen fand ich scheiße. Alles pendelte sich ein, Möbel wurden nach und nach angeschafft. Wir gönnten uns einen Roller und unser erstes gemeinsames Auto. Einen Suzuki Swift. Alt aber bezahlt.

Er wurde Charly getauft.

In der Backstube fühlte ich mich recht wohl, nur selten wurde meine ruhe und gelassenheit gestört.

Walter rastete zwar immer aus, das ging mir aber am allerwertesten vorbei.

Die Lehrzeit raste einfach an mir vorbei.

Arbeiten, Berufschule und am Wochenende DJ.

Die Gesellenprüfung absolvierte ich mit einer glatten eins. Auch holte ich in der Zeit meinen Realschulabschluss nach. Ich war sehr stolz auf das ganze, mit 32 Jahren das so hinzubekommen, ha!, das soll mir erstmal jemand nachmachen.

39.

Nach einiger Zeit stellte Herr Bäcker einen neuen Gesellen ein.

Er war schmächtig, hässlich und dumm wie eine Tüte Himbeereis.

Dieser Mensch brachte mich jeden Tag auf die Palme.

Eines Morgens war es soweit, der Oberspacko pöbelte mich wieder einmal von obenherab an. Seine Stimme war sehr aggressiv. Motzen und noch mal motzen.

„Hör doch mal auf du Arsch,, schwappte es aus mir heraus.

In dem Augenblick rannte er herüber und verpasste mir eine Kopfnuss.

Blut rann mir aus de Nase. Mit dem Handrücken wischte ich mir das Blut vom Gesicht, griff mit der rechten Hand nach seinem Kragen, die linke Hand ballte ich zu einer Faust.

„Bam„

Ich verprügelte den Kerl so wie ich noch nie. Er flog über die Kessel, krachte mir dem Kopf an die Teigausrollmaschine.

Walter stand am Ofen und betrachtete das Schauspiel mit offen Mund.

(Seit diesem Geschehnis motzte Walter mich nie wieder an!)

Nach meinem Blutrausch schnappte ich mir meine Klamotten und stürmte aus der Backstube, setze mich auf meinen Roller und raste Richtung Krankenhaus.

Währen ich dort auf den Arzt wartete wählte ich die Nummer des Geschäftes.

Das es noch sehr früh war, ging mein Boss ans Telefon. Ich erklärte ihm was passiert war und sagte frei heraus:

„ich Kündige, bitte sende sie mir mein Zeugnis„

Er nahm das ohne sich aufzuregen zur Kenntnis.

Nach dem Krankenhaus besuch fuhr ich nach Hause. Es war gerade fünf Uhr. Johanna schlief noch brav in unserem Bett.

„Guten Morgen mein Engel, hoffe du hast gut geschlafen, ich habe gekündigt,„ flüsterte ich in Ihr Ohr.

Schlagartig riss sie die Augen auf und meinte verdattert: „Was?„

Ich erklärte ihr alles, das mit der Schlägerei und mit der Kündigung. Johanna ist echt eine coole Socke, sie hörte sich das alles an und meinte dann nur: „passt„

Am Nachmittag des selben Tages für ich zu meiner Schwester und vertraute ihr an was passiert war. Sie erzählte mir dann das eine Kundin von Ihr auf der Insel Reichenau

in einer Bäckerei die Buchhaltung macht und das die dort
einen Bäcker suchen.

Gleich nach dem Gespräch machte ich mich auf den weg
zur Insel Reichenau.

Was soll ich sagen, innerhalb von einigen Minuten wurde
ich eingestellt.

Der Job stellte sich allerdings alles andere als schnuckelig
heraus. Die Backstube war modern und die Kollegen super
nett. Der Chef, na ja sagen wir so, er war etwas anderes. Das
was am meisten nervte waren die Arbeitszeiten. Ich war ja
gewohnt von Zwei Uhr morgens bis um etwa Zehn Uhr zu
Arbeiten. Dort fing ich morgens um Vier an, nach hause
ging es allerdings in den meisten Fällen erst nachmittags um
siebzehn oder achtzehn Uhr. Egal Job war Job.

Johanna und ich waren zu der Zeit schon fast Vier Jahre
zusammen. Mein Leben war endlich so wie ich mir es
immer gewünscht hatte. Ein Fester Job, eine Ausbildung,
ein Schulabschluss und die wohl beste Frau von allen. Eines
fehlte mir nur noch zu meinem Glück. Ich wollte endlich
Heiraten.

Das romantische lag mir nie so besonders, also vor dem
Fenster stehen mit einem Frack bekleidet und Blumen in
der Hand eine Ballade singend: „Oh, Bella Donna, kaum
sehe ich dich an, schwellt mir der Pimmel und ich röchele
was ich kann,, nein, das hätte mir keiner geglaubt, schon gar
nicht Johanna.

40

Immer wenn wir keinen Bock auf kochen hatten gingen wir in unser Stamm Lokal um die Ecke, ein Türkisches Restaurant mit dem wohl besten Futter weit und breit. Wir bestellten unsere Getränke und das Essen, währen dem Essen nahm ich Johannas Hand, sie sah mich ein bisschen verdutzt an. Ein kurzes Räuspern, dann der Satz der Sätze: Johanna, willst du..die Rechnung bezahlen!„
Sprachlosigkeit auf Ihrer Seite.
Das war nur Spaß meinte ich, dann machte ich es richtig.
„Johanna willst du mich Heiraten?„
Ohne überlegen antwortete sie mir:
„Ja„

Ab jetzt ging alles sehr schnell, wir planten die Hochzeit, einigten uns auf die Flitterwochen Reise (Ägypten) und luden unsere Familien und Freunde ein.
Alles lief bestens, bis auf die Tatsache das mich mein Job ankotzte. Die Bezahlung war schon gut, keine Frage nur eben die Arbeitszeiten gingen mir auf den Keks.
Zum glück wollte mein alter Chef der Herr Bäcker mich wieder haben. Da ja meine Probezeit noch nicht abgelaufen war, einigten sich der Boss von der Reichenau und ich auf eine einvernehmliche Trennung. Ohne Probleme war ich wieder da wo ich meine Lehre angefangen hatte bei Bäckerei Bäcker.

Die Hochzeit rückte immer näher, Johanna und ich freuten uns riesig auf das was auf uns zukommt. Das Brautkleid und mein Anzug wurden gekauft. Die Location das essen und die Getränke wurden ausgesucht.
Um die Reise kümmerte sich mein Bruder.

Mein Bruder, der ist in dieser Geschichte ein bisschen zu kurz gekommen. Dazu muss ich sagen, ohne meinen Bruder währe ich nicht da wo ich heute bin. Er stand mir die ganzen Jahre immer mit Rat und Tat zur Seite. Er ist so ein Pfennigfuchser. Er meinte immer Geld haben kommt nicht von Geld ausgeben!
Wir verstehen uns sehr gut und so soll es auch bleiben. Ein hoch auf mein Bruderherz.

Wie gesagt die Hochzeit rückte näher, wir luden natürlich unsere Familien und engsten Freunde ein. Das Essen und die Getränke wurden bestimmt. Um die Unterkünfte brauchten wir uns nicht kümmern. Wir machten das cleverer. Jedem unserer Gäste schickten wir eine Broschüre mit sämtlichen Hotels und Ferienwohnungen in Konstanz. So konnte jeder selber entscheiden wo er Pennt!
Die Hochzeit selber feierten wir an zwei Tagen.

Tag Eins:

Wir Stylten uns und fuhren zum Standesamt. Johanna hatte ein dunkles Kleid und ich presste mich in meinen Schwarzen Nadelstreifenanzug. Die Trauung fand im Konstanzer Rathaus statt. Ein extrem romantisches Gebäude noch aus dem Mittelalter. Die Außenseite des Rathauses war mit Malereien verziert, die, die Konstanzer Geschichte widerspiegelte. Der Innenhof war mit Kopfsteinpflaster ausgelegt, ein kleiner Brunnen und wunderschöne Pflanzen rundeten das Bild noch ab. Der Vermählungsrasum war sehr schlicht gehalten. Mein Bruder und Johannas beste Freundin waren die Trauzeugen.
Die Standesbeamte betete Ihren Text runter. So richtig konnte ich mich leider nicht auf das gesprochene konzentrieren. Mein Bruder lenkte mich immer ab. Er lehnte sich immer leicht zu mir rüber und meinte:„ Tom!, noch kannste gehen!„
Es war gar nicht so einfach sich das grinsen zu verkneifen. Nachdem Johanna und Ich uns das „Ja„ Wort gaben steckten wir uns wie es sich gehört die Ringe an. Ein Kuss und wir waren Frau und Mann.
Wie üblich wurden wir von allen beglückwünscht, Sekt wurde ausgegeben, danach machten wir uns auf dem Weg zu unserem Stammlokal, das gleiche in dem ich Johanna den Heiratsantrag machte. Wir Feierten diesen Tag in Familienkreis.

Tag 2:

Wir waren zwar auf dem Papier verheiratet. Für uns zählte aber nur der Kirchliche Termin. Auch in den Ringen gravierten wir nicht das Standesamtliche Datum sondern das Kirchliche.
Wir hatten alles nach besten wissen und gewissen organisiert. Essen, Getränke, der DJ, ein Fotograf usw. Wenn jetzt noch etwas schief lief, konnten wir eh nichts mehr ändern. Wir ließen also alles laufen.
Wie gewohnt standen wir beide gemeinsam auf. Schnell ein Käfchen, zum Frühstücken waren wir viel zu aufgeregt.
Johanna machte sich gleich nach dem Kaffe aus dem Staub. Sie fuhr zu meiner Schwester. Ich sollte sie ja vorher nicht in Ihrem Kleid sehen. Dort sollte sie auch zurechtgemacht werden.
Ich blieb zuhause, Rauchte eine Zigi nach der anderen. Zur Beruhigung wurde mir mein Schwager, Johannas Bruder zur Seite gestellt.
Am Frühen Nachmittag machte ich mich dann auch fertig. Meine Schwester und ich waren für meinen Anzug extra in die Schweiz gefahren. Mein Anzug war hell Braun, dazu ein abgenähtes Hemd und braune sehr spitze Lederschuhe.
Ich sah verdammt gut aus.
Mein Schwager und ich machten uns also auf dem weg zur Kirche.
Dort warteten auch schon einige Familienmitglieder und Freunde.

Dann war sie auf einmal da.

Meine Frau.

So etwas schönes hatte ich noch nie gesehen. Eine Königen, eine Märchenprinzessin, eine Göttin.
Das Kleid war schneeweiß mit kleinen Perlen auf dem Korsett. Sie Trug einen kleinen Schleier auf den kunstvoll hochgesteckten Haaren. Die Schuhe waren sehr hoch und aus weisem Leder.
Mit absoluten stolz griff ich Ihre Hand und führte sie zum Altar.
Nach der Hochzeitszeremonie wurden wir wieder einmal von allen beglückwünscht in Vorraum der Kirche gab es Sekt und jeder wollte mit uns anstoßen.
Da es doch sehr warm an diesem Tag war wollten wir so schnell wie es geht aus der Kirche ins Freie.
Draußen Trauten wir unseren Augen kaum.
Sämtliche Arbeitskollegen von Johanna standen vor der Kirche auf der Treppe.
Alle hielten Schwimmnudeln in den Händen. Ich nahm Johanna auf den Arm und Trug Sie die Treppe nach unten.
Unser Hochzeitsauto war ein Altes VW Cabriolet. Hupend fuhren wir in einem Convoy durch die ganze Stadt.
Wir Feierten bis in die frühen Morgenstunden.
Müde aber glücklich fuhren Johanna und ich nach der Feier wieder nach hause.
Wir entblätterten uns noch und vielen in Bett.
Die Hochzeitznacht...........................ok wir haben es wenigstens versucht.......

Das leben kann so einmalig geil sein.

Scheiße, endlich bin ich am Leben.

Ende.

Prolog.

Johanna und ich sind immer noch glücklich und wir leben immer noch am Bodensee. Mittlerweile haben wir ein kleines Häuschen und einen Sohn.
Ich bin kein Bäcker mehr. Gesundheitlich musste ich das aufgeben, das frühe aufstehen und die Körperlichearbeit hatten mir gehörig zugesetzt.
Auflegen... ja das mache ich immer noch, aber nur noch Sachen die mir spaß machen.
Ich trinke nur noch ab und zu ein Glas Wein. Drogen nehme ich schon seit Jahren nicht mehr. Ganz ehrlich so wie mein leben gelaufen ist war es schon in ordnung. Ok einige Sachen hätten nicht sein müssen, aber ohne all diese Ereignisse währe ich nicht der, der ich bin. Erwachsen werden ist nicht so einfach. So typisch erwachen fühle ich mich nicht. Aber durch meine Zeit im Ausland sehe ich manche dinge aus einer anderen Perspektive.
Mir geht es gut.
Macht was aus dem Euch geschenkt dem Leben.
Euer
Tom Schmelzkamp